# 川北叙事

皮 敏——著

文汇出版社

**图书在版编目（CIP）数据**

川北叙事／皮敏著. — 上海：文汇出版社，
2023.8
　　ISBN 978-7-5496-4100-0

　　Ⅰ.①川… Ⅱ.①皮… Ⅲ.①散文集-中国-当代
Ⅳ.①I267

中国国家版本馆 CIP 数据核字（2023）第 146682 号

# 川北叙事

著　　者／皮　敏
责任编辑／熊　勇

出版发行／**文匯**出版社
　　　　　上海市威海路 755 号
　　　　　（邮政编码 200041）
经　　销／全国新华书店
印刷装订／成都兴怡包装装潢有限公司
版　　次／2023 年 8 月第 1 版
印　　次／2023 年 8 月第 1 次印刷
开　　本／880×1230　1/32
字　　数／110 千
印　　张／5.5

ISBN 978-7-5496-4100-0
定　　价／48.00 元

# 目 录

CONTENTS

# 烟火葱茏

像一尊佛，祖母仰脸向天，立在院坝里，好久不动。那时，阳光倾泻，灿烂辉煌。祖母的头上，一片来自屋顶缥缈的金烟，危险鬼魅地纠集、垂悬，摇摇欲坠。祖母身后，进进出出的脚步突然乱了方寸，一只不识好歹蹿过来的芦花鸡被一脚踹上院墙，红着脸，扭过头，邀功的蛋歌转瞬变成了一阵幽怨的尖叫，一声高过一声。

祖父已经躺过了整个漫长的雨季。

他种下的烟叶草，从此无人问津，冷暖饱温，自生自灭。几个姑姑嘤嘤的抽泣，被祖父一波又一波撕心裂肺的咳嗽碾碎，仿佛轻薄的纸屑，被谁往空中扬起，飞翔，转而飘散，了无痕迹。坐在床畔半天不发一言的祖母，突然庄严地站了起来，重重地冲离他最远的大儿子点了一下头。我看见父亲弯腰去身下探一样东西时，祖母突然像要喘不过气来，扒开林立的儿女身体，大张着空洞的嘴，歪斜着身子，艰难地突围出来，仿佛卸下一万斤担子似的，响亮地一脚踏上院子的青石板。那是一根油光可鉴的烟斗，从雨季开始，祖母就藏下了它。

此时，像一道神谕，它颤颤巍巍，由父亲捧着，向它的主人奔去。我们全都看见了，祖父牵动嘴角，似笑非笑的表情停在脸上，轰然合拢了褪尽了温度的眼帘。任那片干槁的肉皮，把一切，统统撇在从此看不见的地方，包括他最宠溺的长孙，和前一日还喋喋不休，要拄着拐棍下床去查看的烟叶地。尽管祖母一再愤怒而厌烦地斥责他，用冷硬的言语要断干净他的念想，说那儿早已杂草丛生，猫狗横行，并将颗粒无收。多年以后，在一个平常的日子，当我丝毫不意外地从父亲的口中证实，就是那些烟火闯入祖父的身体，在他的肺部安营扎寨，步步为营，最终擒获了他的生命时，我竟没有对那些丑陋的草叶，和由它们衍生出来的那缕缕烟火生出更多的怨尤。我开始同情祖母的忧伤，她一辈子盯着这个男人，年轻时总一个劲往外跑，带回来一个个让她蒙羞的闹剧，到老了，着家了，他的眼里，却只剩一把轻飘飘的烟火。

那年春节，我们从成都回来，抱着涎液横流哼哼唧唧的仅半岁的儿子，来到祖父长眠的那片曾经的烟叶地。那当儿，祖父未曾谋面的重孙在我怀里手脚乱蹬，哭闹不休，我把他软绵的肉身拢在怀里，却发自内心地想笑。因为我发现一株烟叶草昂然挺立于一片杂草之中，比起我曾见过的大过几圈，仿佛一个异数，更似一个俏皮的隐喻。我相信我窥见了祖父深藏的一个秘密，我敢打赌，如果此时他能站着与我对视，他沟壑纵横的脸上一定会惊慌地跑过一道狡黠的笑。

就像多年前那个夜晚，我猝然被一团移动的月光惊醒。那团月光在我朦胧的眼中恍惚长出了手脚，倏忽幻化为一道清癯高大的人形。像一株植物，人形没有半点声音，像被什么看不见的引力一直吸着，牵着，他沿着楼里那道粗陋的梯子，徐徐地，一直往上。楼梯的末路，系在梁上那捆叶子烟像个沉重的炸药包。不出所料，第二日它们就要被祖母背到集市上，换取几张花花绿绿能采买柴米油盐的钞票。那影子即将抵达炸药包时，我喉咙里像着了火，滋滋烧着，我感觉下一秒我就会随着一声巨响轰然爆炸，但那声响突然卡住了，卡在我稚嫩的喉咙口，卡在了那个幽深的午夜，我看见那道人形突然飞速转过头，惊慌而狡黠地冲我眯眯眼。那时，祖母好像翻了一个身，嘴里嘟囔出一连串梦话，揽住我的手滑向被子的另一角，在我努力分辨她嘴里那几个意义不明的混沌音节时，那团长手长脚的月光，已不知去向。

那时，像那些调皮的烟火一样，我在村庄四处横行，一旦有烟味闯进我的鼻腔，我总是信誓旦旦地自诩我立马就能辨识它们的姓名，就像喊出我的家人一般。一口料定是有哪个调皮蛋燃放过一串鞭炮，是嫂娘在院坝里焚烧那堆泛黄的秋叶，还是母亲开始煮饭生火，抑或祖父从怀里取出了他的旱烟锅。祖父的旱烟锅里，永远燃烧着那种能氤氲出淡淡香味、缭绕起淡蓝轻烟的植物。对这种有着厚实叶片、多毛的植物，祖父总是忤逆祖母的意，固执而慷慨地把房后那块上好的土地给了它。用祖父的话说，土肥地沙向阳，雨露阳光营养管饱管够，烟叶草啊，就猪儿样噌噌噌地长，长膘一样，大，又肥实，做成叶子烟，抽着那才叫带劲。这是祖父的原话。为了这些不起眼的植物，祖父甚至哼上了曲儿。他淌着汗，一趟趟往那块种着烟叶草的地里跑，浇水，施肥，捉虫，除草，一个步骤绝不疏漏和马虎。那些时日，地里、青石板上、院墙边，我看到祖父对着那些粗粝的叶子，一次次把枯槁的躯体弯成卑微的弓，我甚至有些担心，咔嚓一声，祖父就一折两段，横陈在那片葱茏的绿意中。那些从地里采摘回来，从青晾晒到黄，看似奄奄一息的叶子，被祖父一片、两片、三片地从篓里抽拣出来，裹缩成一小团，稳稳栽进逼仄的烟斗。祖父一划火柴，烟斗头瞬间便泛起红光，红宝石般闪闪烁烁，一杆灰头土脸的烟斗顿时袅袅娜娜，活色生香起来。在明灭的光火和氤氲的烟尘中，祖父或坐或蹲，眯缝着眼，一任那些青色的烟从他鼻孔里自由出入，在他嘴角、胡须边顽皮地逗留嬉戏。那一刻，祖父安宁而富足，像一帧宁静的剪影，远离一生怎么也甩不开的重重负荷，悄悄活在属于他一个人的世间。

在星罗棋布的村庄里，通体溢着泥土气息的烟火，或急或缓，或浓或淡，沿着风的方向，熨帖着大地，抚慰着山川河流，忽尔轻盈腾跃于天际，倏忽又降落于深深浅浅的沟壑。更多的时候，它们爱在房顶、瓦片、草垛上流连徜徉，习惯在田间地头穿行飘散，雾霭流岚一般，跟随着山里的农人，日复一日，年复一年。尽管村子里的人们日出而作，日落而息，从未真正把它们放在心上。

有这种认知的时候，我还小，小得只知道山外还是另一座山。

而那些怀抱着村庄，怀抱着泥墙青瓦屋的一座座山，那时在孩童的眼里，就是家之外，另一处难觅的上好栖身之所。我们牵着牛羊，背着背篓，脱离大人的视线，远远避开大人的呵斥，在山包上、山坳里、草坪中尽情撒野，尽管背篓里还空空如也，放牧的牛羊一次次溜进了别人的庄稼地，等着我们的是一次狗血喷头的责骂，或是一顿皮开肉绽的狂揍，但我们总不长记性，我们得意忘形，忘乎所以。

说来也怪，即使天光转暗，夜晚蹑手蹑脚张开大幕，村庄里的母亲们也不着急找寻或呼唤她们的野孩子，似乎她们胸中都有一丛画好的竹，她们每个人手心都仿佛握着一件隐秘的法宝。踏着泥巴土路，她们各自归家，放下箩筐、土镰、背篓等一应家什。她们系上围裙，面带笑意，安坐一孔灶间，划燃一根火柴，引燃一把柴。那些淡蓝的轻烟转瞬钻出或曲或直的烟囱，跑上屋顶，跑上树梢，跑上半空，在那里闹腾，在那里缱绻，在那里舞蹈，或没皮没脸地在半空招摇。在山上嬉戏的我们，一抬头，一转身，那些淡蓝的家伙，那些这一缕那一堆的家伙，那些一直上升，最后化成天上云朵的家伙，一下就拽住我们的眼，缚住我们的脚，缠住我们身子。于是，我们听见，牛二说，哎！我要回了，我好像听到我家灶台上锅子里水汽在咕嘟咕嘟地奔跑呢。苏山说，瞧——我家屋顶炊烟在对我挤眉眨眼咧。苏三妹说，哎，我闻到我妈炸的油渣香了！她甚至一边说，一边咂巴起了肉粉粉的小嘴。可我家很反常，烟囱一直紧闭着嘴，屋顶上空飘来荡去的竹叶似乎也同我一样，紧瞅着那根烟不眨火不冒的呆烟囱发神，但我肚子也开始咕咕叫了，我仿佛看到母亲反手一下系牢围裙，正红光满面大步走向灶台。嗯，对了，我似乎也闻到香了，好像是油爆葱花。于是，我们的脚，我们的身子，我们的牛羊，我们背篼里龇牙咧嘴的草，不知不觉，前后左右排成了队。没有人喊口号，但似乎我们纪律严明，高矮胖瘦，无一掉队，我们被一双形的手，牵引着，向着烟火茂盛的地方蛇形而下。

记忆里，村庄的冬天似乎都特别冷，寒风呼啸，硬生生穿过开裂的老墙，扫过低矮的房檐，直抵我们单薄的身子。我们孱弱的身子本能地哆嗦，如急慌慌要散架了的蚂蚁，没头没脑地在院里跺脚，三五个结伴追逐打闹，或是用嘴对着冻得如胡萝卜般的小手，鼓着腮帮不停地呵着白乎乎的热气，即便这样，对于凌厉的雪天，对于奢侈的温暖，这些雕虫小技统统属于杯水车薪。

这个时候，母亲总以一个母亲的力量试图为我们筑起一道御寒的屏障。她会赶在冬至到来之前，把我们拉进她和父亲睡的那间屋，从她那个散发着樟脑味的陪嫁木箱，像抓黄鳝一样从箱底捞出一摞棉花鞋。当那些温暖的代名词一字排开，粗鄙而肥大地摆在我们面前，我们才记起前些日子母亲把那掌灯油熬干的夜晚，她熬红的眼，熬到苍白的脸。我们动了动嘴唇，想说点什么，却总是词不达意。母亲却早已抓住我们冰凉的脚，不由分说把我们的脚往臃肿的棉鞋里安插；她还会病急乱投医地把大人旧得不成样的衣物择选出来，一层层滑稽而无奈地包裹在我们纤细的腰身上；用手驱赶着呛人的青烟，她低着头把灰暗的木炭一口一口吹亮，而后聚进火兜，让我们把小手笼在上面炙烤。然而，令母亲失望的是，她这些努力总是收效甚微，好不容易生成的热仅仅是在局部而且微小，往往是这里暖了，烫了，那里却迟迟不肯热和起来，甚至一直冻着，僵着，木着。

母亲心有不甘，做饭时，她总把我们唤过去，揽在怀里，试图用另一种炙烤，带我们逃离这不近人情的寒冬。淡淡烟尘萦绕的灶门前，蓝莹莹的火苗悄然蹿起来，有如均匀的呼吸一样，在母亲放进去的柴火之上若即若离，起伏跳跃。俄尔，随着母亲风箱的拉动，干燥的柴火被火苗呼啦啦团团包围，灶孔内顿时熊熊燃烧，火红一片。待到锅子里翻滚沸腾了，母亲便减缓添柴的频率，放慢或干脆停歇了风箱的节律拉动。这当儿，起身揭锅盖时母亲悄然舒展的眉头，或俯身变戏法般从灶孔刨出烧熟的玉米棒，夸张地亮给我时嘴角悄然漾开的笑意，还有她调整坐姿前倾身子，下意识箍紧我身体时一次次双臂的交缠合拢，都如同那些绵密的烟火一般，悄悄将一片暖春带到我的跟前，不觉间，身体已由内而外，活泛温暖。

长大一些，我开始学着母亲的样子，坐在灶门前生起火，拉动风箱煮一家人的饭，我甚至在没有大人在家时，偷偷学着祖父，裹起一缕烟叶，悄悄点燃，在明灭的微弱火光里，把鼻子一点点凑近，直到喉管骤然冲出一连串惨烈的呼号。如果没有那场大火，我相信毫无疑问，我会一直虔诚地沿着祖父的足迹，和村庄里大多数农人一样，一日三餐和那些烟火相依为命，一辈子在村庄里和它们长相厮守，永远没有分开和背离。

那场突如其来的大火席卷比我们大很多倍的院子时的那天中午，八岁的我正躲在冬天的被窝里做着一个关于春天脚趾发芽的梦。我听见我的脚趾叽叽喳喳，像毛茸茸的小鸡仔似的从四面八方向我脸上跑来，一个激灵，我睁开了眼。但我发现我几乎什么也看不见，我眼睛上似乎被谁蒙上了一块布。不知何时，四起的浓烟钻进逼仄的栖屋，已层层包围了我。乱哄哄的喊叫中，一个女声，尖利而悲怆地刺穿我的耳膜，由远而近，隔空而来，不知过了多久，我朦胧看见一个披头散发的人影，发疯一般冲到我面前，将我如小鸡仔般拎起，穿过滚滚的浓烟和炙人的火焰，投放石子一般，一把把我掷放在远离老屋的石磨前，便一屁股瘫软在地下。惊慌失措的喊叫声中，我真真切切听出了烟与火肆虐的狂笑。小院里那些慌张失措的水桶水盆水瓢，和每一件临时派上用场的打火工具，和那些瞬间变得微不足道的人一样，全都像前途未卜迷路的羔羊，等待着上天的饶恕、垂青，或厚爱，而那来势汹汹的大火和尘烟，就如同一张网，一张无限张开的网，步步紧逼，想吞噬掠走我们赖以生存的房屋、草木、院坝，一切一切，包括置身院子里所有会呼吸的人本身。

多年过后，我才从那种惊恐和无助中缓缓抽离出来。我抱着母亲的脸，一遍遍摩挲她脸上那个疤，那个蜈蚣一样占据了她半边脸的粉红的疤。我曾一遍遍问她疼吗，她总是摇摇头，脸上罩着一层圣洁而神秘的光，笑而不语。多年以后，母亲无意中说起，我才知道，用一个冥顽不化的疤，换一个冥顽少年的转性、成长，那场烟火，在母亲的心里，其实是另一种解读、另一种记忆和另一番存在。

那以后的很多年，我都忌惮小豆爸在原址修缮起来的那间清冷木屋，我总是远远拉开距离，绕过去，绕过去。我害怕看到站在门框上朝我使劲挥手的小豆，害怕看到小豆祖母丢了魂魄的样子。听人说，从小豆家那扇半开的窗看过去，总能见到淹没在一片阴翳中的小豆祖母，她坐在朱红色圆凳上，倚着半扇窗，捧着那本泛黄的家谱，面无表情，目光穿过眼前的一切，看向未知的地方，眼里空无一物。

那本她捧着的册子，其中的某一页某一支某一系，有她动用仪式，请来德高望重的本门长辈，和远近闻名的"罗半仙"，一撇一捺，郑重其事安放进去的小豆的书名。我清楚地记得修谱那天，朗朗晴空骤然惊雷大作，瓢泼暴雨从天而降。刚刚抬出来摆开的桌椅眼看着湿透了，铺陈的红纸飞了，鸡跑了油洒了孩子哭了。但大人们全都噙着笑，都在附和那个须发皆白的"罗半仙"大赞天降及时雨，好雨！果然，转瞬，云收雨住，霞光万丈。那一箩筐冲天的炮仗，像另一场雨——红雨，声势浩大，箭一样，向着天空深处，猛烈地，好一阵地下。炮仗炸起的烟火锁住了院坝，锁住了青天，锁住了人们的视线，却没有锁住小豆祖母的笑。那天的筵席上，她的笑似乎长着翅膀，金灿灿，明晃晃，冲破烟雾，传遍了村里的角角落落。据说村里每个人都听到了她的笑，就连早就失聪的老祖母，也绘声绘色地告诉我，她也听到了，和那天打的雷一样大声。

小豆娘在一个烟雾蒙蒙的清晨不声不响地消失后，那个关于她偷汉的传说，似乎更加剽悍地长出了本该属于它的眉眼和手脚。有人说小豆家香火从此断了。我不清楚那意味着什么，我也不愿意相信为了一口气一句话，谁可以肆无忌惮地燃起一把邪恶的烟火，用它们葬送一切，包括那些早已铸在她们命里的呼喊、呼吸和心跳。我曾经看见过山神庙里祭坛插的那种香，那种袅袅轻起的烟，似乎暗含着一股神圣不可小觑的力量，它让各色趾高气扬的人收声住色，五体投地，伏地，起，再伏，再起，再伏，仿佛那里有他们的轮回，生生世世，永世不休。香和火组合在一起，还有什么更为深奥的要义，我难以理解。我不知道香火是不是也像这人间烟火一样可以嗞嗞嗞地燃烧，可以烧得通体红亮，把我们平静的血液搅得滚烫，也可以在某个笑容还停在脸上的瞬间，暗然熄灭，须臾归于凄清和孤寂。但我真切地遭遇了这片凶猛的烟火，它凶猛地把小豆祖母视作命根的小豆带走了，它冷血地把我最亲密的小伙伴带走了，连一缕烟，也逃之夭夭，销声匿迹，不给人留一点念想，不给我们的发难留下一点把柄，仿佛它们从不曾来过。夏天一个人溜去堰塘边不敢往下跳时，我对小豆的思念就像塘里那汪水样，开始疯涨，我开始憎恨这无常的烟火，发誓要永远离开这个烟火横行的地方，去很远很远的大城市，再也不要回来。

当村支书高扬着一封信，满脸涨得通红出现在我家那扇破旧的木门前时，我们一家人正端起碗，稀里哗啦喝着清得映人的粥饭，灶孔里还有余温，煮饭时最后一缕烟尘还多情地缱绻在灶台面。祖母清清嗓子，让大家都放了碗，发生了大事一般，让我这个家里唯一读到初中的孩子，当众一字一句将信念给全家人听。我记得我才念了开头，二爷爷便哽咽着叫起了一个人的名字。那封信我一口气读完，没有一个生僻字，但信的最后还是让那时的我有些摸不着头脑，信中说：每次去山里，凡是看到那屋顶上那些飞腾起来的炊烟，我就感觉跨越了大海，回到了黄昏中炊烟四起的芝麻沟，站在了隔着无数光阴的老屋屋檐下……

两个月后，我见到了信中那个返乡认祖归宗的游子，在村子对面的野猫岭上，这位我应唤作三爷爷的老人踉跄着下得车来，颤颤巍巍推开拐杖和搀扶住他的一双双手，面对着村庄的方向，突然扑通一声跌跪在青石板上，潸然泪下。那时，我看到我家老屋上空，炊烟正袅袅娜娜，平顺、安然地升起。虽然人们静默无声，那一刻，我却仿佛看到老人积压多年的情绪，被一星微小的火味的一声引燃，那些思念如热血，似岩浆，一瞬间激荡、奔突起来，沿着老人的血管，沿着"烟火"这根引线，漫过千山万水，漫过无声的岁月，嗞嗞燃烧，汩汩流淌，突然如平地惊雷，轰的一声炸响。颤抖的华发，似风中燃烧的旗帜，猎猎作响，烟与火的碰撞，这一刻，攫紧我的心，我眼前交替闪现着小豆祖母怀抱的家谱，母亲熊熊燃烧的灶门，还有祖父半明半灭的烟锅，它们有什么暗合，它们又有哪些联结，抑或疏离，我无从厘清。我只知道，搀扶二爷爷起身时，他枯树枝般的手，虽温热似将欲进灶的柴火，却尖锐地硌疼了我年轻的肌肤，我的眼前，不觉已朦胧一片。

从此，三爷爷再没有离开那片群山环抱的村庄，像一株草，扎进土里，无意远行。他和二爷爷一起蹲在院里烤太阳，一块儿抽叶子烟，一起挂着拐杖，到祖坟点燃一堆纸钱、插几炷香，一起眯缝着眼坐在老屋的烟火里打盹，直到十一个年头后的一个深秋傍晚，长眠在那片他曾魂牵梦萦的烟火中。

十八岁那年，我毅然决然地离开了那片烟火弥漫的地方，远走他乡。我原本以为，纵使那些烟火生养了我，陪我长大，但它们终归只属于村庄，我们注定要各奔东西，不会再见。只是多年以后，在一些万籁俱寂的夜晚，倚着窗，从被钢筋混凝土裁剪成几何图形的城市天空望出去，头脑中总猝不及防升腾起那缕缕炊烟，眼前明晃晃地闪过一团团光火，思念——潮汐一般，汹涌而至。落日、群山、结队而行的牛羊，还有奔跑的伙伴，在我眼前一一而过。朦胧中，耳畔恍然轻轻响起祖母的声声呼唤。

我看见，那缕缕那簇簇从村庄老屋里升起来的烟火，轻盈而强劲地越过经年的岁月，越过万重山，越过门第、地位，越过风光、窝囊、光鲜、黯然，越过一切，轻易就从城市的角落找到我，一寸一寸，攥紧我的手和心。就像多年前，女人们安坐灶间，往灶孔里加一把柴火，擦亮一串烟火，拉动风箱，再加柴火，再拉风箱，如此，周而复始，不停不息，宛若她一下一下轻拽起炊烟这根绳索，把我们这些漫山遍野飞舞着的风筝，从草堆里、坡坎上、坑渠中牵扯出来，亦嗔怪，亦笑骂，拍打一通，泥尘四起，一路领向家门口。

那里，是我的村庄。那里，草长莺飞，烟火葱茏。

# 奔跑的老虎

素有"百兽之王"美誉的老虎，对于川北村庄里的人来说，遥远得像隔着千山和万水。只在茶余饭后，它们才偶尔带着磅礴的气势，纵身跃进那些村民讲给自己儿孙的故事里。可在孩童们还扯着衣角，眼巴巴追问那只老虎的行踪时，讲述者的思绪，却倏忽被夜空中混合着麦穗和泥土味的风，裹挟着上了山岗和坡岭。比起一只老虎，这一茬庄稼的长势，碗里白花花的粥，以及秋天最后的收成，才更让村里人记挂和牵系。

一些月光清朗的夜晚，吃过饭，父亲并不急于就寝，而是独自走出家门，走去屋后的山岗。那里有坡岭、沟壑、树木，更多的是一块缀着一块，种着庄稼、菜蔬和瓜果的土地。那时我家在山岗的凹陷处有块最大的柑橘地，每年成熟季，远远望去，满树挑着黄灯笼。偏偏这时，父亲晚上并不出去，任那些灯笼从黑夜挑到天明。那些年月，物资匮乏，民风却依然淳朴，父亲夜行并不是去守盗贼。但他宣称的理由似乎也并不充裕——去地里捉啃噬菜叶的虫，驱赶破坏庄稼的黄鼠狼和野兔。那些狡猾的坏东西，在夜里舒张筋骨，从掩体、巢穴里钻出来，总是变得神清气爽，生龙活虎。

有一晚回来，见我还醒着，父亲竟神秘地告诉我，其实他主要是去听夜里山岗均匀的呼吸，以及他亲手撒播的麦苗喝水和拔节！在村小代过几天课的父亲有时说话文绉绉的，这让我费解。但他的话一天天发酵着我膨胀的好奇。我总觉他一次次在夜色的蛊惑下，跨出家门，走进了另一个世界。不止一次，我央求要跟着他去。但母亲总将我孱弱的身板和夜间山谷的湿气、雾霭连缀在一起，斥责一番，牢牢把我拦在院门里。

那年翻春的时候，镇上来了一个马戏团，说是有老虎。全村人的热情都被点燃了，没有不去看的。但我是例外。那天我发着烧，浑身酸痛难耐。乡村医生为我把脉抓药后，母亲去灶房生火，很快用深浓的中药味淹没了我的口鼻和身体。这时的母亲与平常不一样，她总是苦着脸，身体被什么压着似的，直不起来。但父亲一直是那副乐天知命的样子，日子的紧巴和家庭的困顿对他来说，似乎算不上什么大事。那晚他带着弟弟回来，一直在不停地念叨那只威武的老虎。以至于那只老虎，披着霞光般的皮毛，那晚深潜进我的梦。我与它同行，徜徉在一片无垠的月光里。

日子流逝，我依然瘦弱。那只老虎却更为频繁地光顾着我的梦境。有一晚，我甚至化作了那只金色的虎，力量充满了我的身体。迎着太阳喷薄而出的方向，我凌空扬起四爪。但很快我的笑惊醒了自己。黑夜里，我伤感地抱着自己薄凉的身躯，向更深的黑暗蜷紧。

跟父亲夜行那天，夜幕似乎垂落得慢一些。那天头痛又犯了，昏昏沉沉醒来时，门口赫然站着一个人。是夏天正热的时候，他裸着上身，金灿灿的夕阳涂在他强健的身上、脸上、脖子上。是父亲。但那时，我脑中却突然奔进一只虎，一只活脱脱的老虎。他定定地望着我，随即我便撞上了他的眼神。父亲的眼里竟然凝结着深深的忧郁和担心！我从未见过他这副神情！这让我难为情。这当儿，他好像做了一个愉快的决定，突然跨出那片金色，几步走到我床前，说，好些了吗？今晚，跟我去山上！

我不知道那天母亲为什么没有拦住我，她只是默默为我加了一件衣。月光如泻。爬上山岗时，山谷仿佛睡着了。只有我们滞重的脚步，一下一下，叩击在我的心口上。那些树木、峰峦和土地，展露出我平素从未见过的样貌。走到那块犄角似的山包前的土地时，父亲停住了脚步。他缓缓把身体往下蹲，似乎正一点点蜷缩起来，再看时，他已把头埋在菜叶间，似乎要与那些月光下变得青亮的菜蔬融为一体。我的身体僵在那里，我猜测他或许正如他所说，在倾听那张叶片悄悄的梦呓，以及叶片之下土地的呼吸。但他突然回过头来，冲我招招手，示意我过去。

月光下，父亲的眼神笼罩着一根通体碧绿、正旁若无人蚕食菜心的虫子。没费多少力气，那晚，我学会了像父亲一样蹲在菜叶间，通过辨听，迅速找到虫子的踪迹。但那些虫子都太小，我更希望哪里突然蹿出来一只黄鼠狼，或鲁迅笔下《故乡》里那种怪异的猹。正遐想，突然头顶哗啦啦一声脆响，如裂帛，撕碎夜空。一只青鸟从山包上的树影里弹射出来。父亲猛站起身。那只大鸟在天空中划过一道弧线，迅速朝另一个方向飞去。见我还愣着，父亲大声叫我跟上。而后，一弓身，如离弦之箭冲了出去。

田畴、沟壑、起伏的坡坎，此时，在父亲脚下都变成了平地。我脚底发烫，体力渐渐不支，他却仍在高吼，跟上！跟上！那声音夹在他脚下踩掉、滑落的碎石间，响彻山谷。月光之下，父亲激昂的身子，似乎带着一种极其饱满的旋律，就似我无数次梦到的那只老虎！他跳跃，他咆哮，他怀揣希望，无惧输赢，在属于他的人生疆场上，背水一战！

那只鸟扎进一团更大的树影，最后再没了踪影。父亲却一点不失望，抹了一把头上的汗，站在我身边，回望我们跑过的那长长的、浸在月光里的路，他嘴角悄然浮起柔软的笑意。下山的时候，父亲竟然哼起了不成调的歌儿。我的头一点也不痛了，身子轻松起来。当走出那片洒满月色的山林时，父亲突然停住脚步，回过头来，清了清嗓，看着我，大着嗓门说，嘿！别总耷拉着头！今晚，你跑起来像——像只老虎——

"老虎"两个字他加了重音，长长地拖着，抛向夜空，在山谷里久久回荡。月光陡然间亮了起来，我加快脚步，和他并起肩来，踏上通往家门的最后一段路程。

# 见字如面

见字如面，顾名思义，说的是看见一个人的字迹，就如同见到了真实的本人，她的眉目，她的身姿，甚而至于她流转的眼波，都从那张纸上、那些字里行间走将出来，带着温热的呼吸站在你面前。然而我更习惯把它想象为一幅活色生香的画面——相思的爱人，倚门望归的慈母，相见恨晚的知己……望穿秋水中等来了鸿雁传书，小心翼翼而又迫不及待地拆开信封，一点点展开沾有墨香的信纸，熟悉的字迹徐徐映入眼帘，那种感觉，就仿佛一推开门，那个相思的人儿正款款而来。

我收到人生的第一封信是来自母亲的。这封信，是我到外地求学的一个月后寄到的。说是信，其实说是一张便条更为确切。仅上过几年学的母亲是不懂信的格式的，没有标点符号，没有分段落款，那些大小不一的字就歪歪斜斜、一会儿松一会儿紧，无规无矩地排列在一张不太像样的纸上。在空荡的操场边缘，我把那封信捧在手上，脑中想着粗手大脚的母亲做完了一天的农活，终于闲下来，翻箱倒柜，找到一支笔一张纸，一个人坐到小屋圆桌旁的情形。就着煤油灯层层晕开的光，她一笔一画，用力地写着对儿子的挂牵，间或为一个突然蹦出来拦住她的生僻字皱眉头，偶尔扭头问一句即将坠入梦乡的父亲，是否有什么需要交代。那些细碎的唠叨，那些沾着泥土芬芳的忠告，那些放心不下，一遍遍读着，想着油灯下母亲头上泛起的白发，和殷殷的目光，鼻子不禁就酸了……

那个年代，相隔数百里，若要听到对方声音，需要通话双方预先约好时间，守候在固定电话机旁。对于住在乡下的母亲和在学校的我来说，是极为不便的。况且打一次长途的电话费，几乎相当于半日的生活费，这于那时的我的确有些奢侈，于是写信就成了最佳的选择。一开始给母亲回信，后来给同学写，给外公外婆写，再后来开始涂鸦一些文字投稿，发表过几篇"豆腐块"后，又有文友给我写信，我又回信。如此一来二往，写信投稿渐成了我生活不可分割的一部分，有那些信件的交织往来，沉闷的生活悄然挤进一些阳光雨露。

那时，通往学校邮箱的路两边拥挤地站满了参天的桂花树，每年的八九月份，这条路便一直清香流溢，在这条路上，或课后或午休，或晨曦微露或华灯初上，我怀揣着信，或满怀期待，或少年心事重重，或惆怅或雀跃。现在回想起来那段离家求学的日子，脑海中常清晰地浮现出那条小路，那沁人心脾的芳香便瞬间扑面而来，轻轻包围我……

读信是件美好的差事，那些飞越千山万水的文字，或报平安，或满纸挂牵，或诉不尽的相思苦，在那些娓娓道来情真意切的话语中，多少前嫌冰释，多少伤痕愈合，几多友情弥坚……那种蕴藏在字里行间的无形的力量，我是亲自体会并多次见证的，我曾见到一个命运多舛的青年因为一封恩师鼓励的信而重扬生活风帆，一位大娘拿着失散多年的儿子的信而老泪纵横，一段爱情因为一封封信而天长地久……

三姑的婚礼是在她所在的村小简单进行的。在一群孩子和家长的包围中，主持婚礼的老校长牵着小姑和姑父走上讲台，她从讲台上一个木箱子里捧出一摞用红线捆扎的信，清清嗓子，她郑重地说，这就是今天两位新人看得见、摸得着的爱，是她们爱的亲历者！老校长告诉参加婚礼的人，在过去的三年中，新娘每周末都要去镇上邮局寄一封信，尽管远在千里的爱人不能一一回信，他收到的一大摞信总是沉甸甸却滞后很久的。但痴心的新娘总要步行十里地去做这件事，有这一封接着一封的信，她与边防爱人似乎就一直站在一起。老校长的叙述没有一句华丽的辞藻，她真切而平实地讲述着，尽管她忘了告诉大家新娘是城里长大的姑娘，没有描绘雨雪中这里的山路如何难行，没有形容新娘收到爱人信件时的喜悦心情，也没有告诉大家在学生们一个个归去的夜里，给远方的人儿写信读信就是新娘一天最闪亮的时候……没等她说完，掌声已如潮水般响起！

时光流转，不知三姑是否还记得二十年前婚礼上姑父眼眶里泛动的泪光。在通信发达的今天，我们相思了，可以选择马上出现在相思的人面前；我们想念了，只须动动指头，想说的话须臾到达千里之外那人的耳蜗。我们视频，我们用4G，现代科技让我们天涯咫尺，我们及时把每一份情感宣泄表达！无须等待，不要煎熬，没有了独对信纸的寂寞，没有了倚门望归的惆怅，没有了开启信封时那无法言说的喜悦与微微动荡的忐忑不安……"家书抵万金"仿佛已成为一个遥远年代的记忆，鸿雁传书逐渐成为传说，飘着墨香的信，见字如面的信，悄然引退在我们的视线中。唯愿那些拨动心弦的爱，从不曾走远。

# 艾草高高

当阳光开始明亮灼人、扇子不疾不徐地摇起来的时候，一年一度的端午就如一缕朗润的风，绿意盎然清香四溢，如约降临到我们这个川北的村庄里来。

在我们这样一个民风淳朴、藏身丘陵的川北村庄，一年一度的端午节多是以妇人们披衣早起开头的。天刚蒙蒙亮，村里的妇人们草草吃过饭，收拾利索，找出那把锃亮的镰刀，背起背篼，结伴出门，沿着那些水土肥沃、草木茂盛的沟渠寻去，拐过几道弯，下过几道坎，眼前色调更浓郁、植物更稠密，扒开几丛野草，掀翻几条荆棘，那些通体碧绿、浑身飘香的艾草，便大片大片地跃入眼帘！

妇人们满含喜悦，如获至宝般，匍匐向前，扑向那些葱茏的艾草，麻利地挥舞起手中的镰刀，随着妇人们的手起刀落，在嚓嚓嚓的脆响声中，割断的艾草一把把、一层层在背篼里累聚、重叠，不大工夫，竹背篼里就蓬蓬勃勃生机一片了。

妇人们叽叽喳喳说笑着满载归来时，鸡鸣犬吠的小院顿时热闹起来，村庄里崭新的一天似乎才真正来到。孩童们听着喧闹，一骨碌爬起来，跑进院坝。妇人们把背篼里的绿油油的艾草，底朝天地悉数倾倒在院坝的空地上，张家婆婆走上来抓上一把，李家婶婶跑过去捡拾一捆。还没起床出门的，让娃娃挨家叫门送去，一户也不落下。那些荷着锄、挑着筐准备下地干活的男人，也纷纷凑拢来，打打趣，抓一把艾草碰触鼻头，让芳香钻进鼻里，流进肺里，溢进心里。

小孩子自然不能理解那些不能吃、不能喝的草，怎么能如此宝贝地被捧来捧去，家家传送，他们一味地只是在院坝里嬉戏看热闹，在那些艾草弥漫着苦涩的香里，看自己的娘别人的婆婆踮着脚，把那些绿绿的油油的植物，高高地放上门头或系在门闩、门把上。这一过程妇人们都完成得轻松随意，略略有些按部就班敷衍的意味。我注意到，唯有满脸皱纹的曾祖母不同。

曾祖母是一位身体弯曲瘦成纸片的老人，仿佛从我记事起，她就总穿着那一身从未更换过的藏青色斜襟袍子，头发溜光地梳到脑后，绕成一个玲珑扁圆的发髻。那时，我总把曾祖母放置艾草到门头这一过程看作一个仪式，如同电影里那些庄重的祭拜画面。只见她手握几枝细细绑好的艾草，颤颤巍巍地走到木门前，小脚轻轻踩上小板凳。那几根舒张着身体，被她像易碎的宝贝似的捧在手掌心里的艾草，跟随着她慢慢仰起的脖，徐徐地向上举起，高一点，更高一点，高过了她的肩、她的头、她的目光。

终于，她似乎寻到了那个可以交付那件宝贝的宝地，那些草，脱离她的手，被她安放于门头之上。但她并不急着离开。她定定地看着那些高高在上的绿叶，眼里闪耀着圣洁的亮光，嘴唇嚅动，口中轻声念念有词。

多年以后才读懂，曾祖母并非迷信，她轻声念着的，似歌谣轻哼、似睡梦呢喃的碎细絮语，定是饱含诚恳、满怀希冀，祝愿儿孙康健、风调雨顺一类的美好祈语。正如大多数村庄里的人一样，他们是不知屈原的，一年年重复如约地收割放置艾草，都是源于那些深藏在心底的朴素愿望。而我的曾祖母，只是把那些朴实的愿望，借由手心握着的一枝枝芳香的艾草，轻声念了出来。

待曾祖母的艾草在门楣上最后一个稳稳放定，随着一声声鸡鸣狗吠，村庄小院的门楣上就一扇不漏地缀上了绿意，放眼望去，满目苍翠，煞是爱人。似乎一觉醒来，那一簇簇流动的绿，那些蓬勃的生命，就长着脚，爬上了高高的门头。院坝里收割回来剩余的艾草，自有妙用。妇人们用口大锅把艾草煮了，用熬好的艾草汤水给孩子们洗澡、给老人泡脚，据说可以去灾除病、消乏解困。于是，不一会儿，院坝里就这儿一个盆，那儿一个桶，水洒了，衣服沾湿了，光屁股跑着的孩子，跟跄滑倒的大人，骂的，笑的，嚷的，艾草香弥漫的院坝，此刻俨然一片欢乐的海洋。

在那物资匮乏的年代，不是每年都能吃上甜腻软糯的粽子的，然而艾草却是年年有，清新富余的艾草香在院坝中、沟渠里，年复一年地氤氲着，流淌着，久久不散。

# 又见川北灯戏

记忆中的川北灯戏，常在午夜梦回，敲着闹哄哄的锣鼓，打着趣，撒着欢，说学逗唱来到我的跟前。

说起来，那是三十年多年前的事了。每当秋末冬至、农事渐稀的季节，我家乡川北一带村社里常有灯戏艺人来走村串户演出。在那个文化与物资双重匮乏的年代，对于没有电视、电脑，连小人书都要借着看的孩童来说，看一场灯戏无异于过年，那种诱惑力是极其巨大的。甜蜜的？酸爽的？似乎又都不是，它若有若无，又无处不在，它就在你眼睛看不见的前方，闪闪发光。

锣鼓声星星点点隔空飘来，循声望去，隐约可见河对面那块方正的院坝里，大红灯笼已爬上杆头，像几枚滚烫的太阳，迎风燃烧、荡漾、招摇。张家娃在催，李家妹在喊，宁静的村庄似乎悄悄奔腾起来了，空气里晃荡着热烈欢愉的情绪，不安分地激荡着，膨胀着，蔓延着，心就跟着怦怦直跳，感觉就要跳出嗓子眼。在这种时刻，猴急的小孩是没有耐性等到天黑的。于是，也不管作业是否完成了，鸡鸭是否进了圈，晚饭是否吃上了，就三五成群，笑着，闹着，直奔河对面演戏的院坝。

夜幕从头到脚包裹住村庄时，灯戏就鸣锣开演了！村里村外赶来的人们以院坝里刚搭起的戏台为中心，自觉扯开一个大圈，密密匝匝地围成一道不透风的人墙。简易的舞台上，一块深蓝厚重的布从天空垂落下来，就算是幕。大幕拉开，戏中各色的人物或踩着铿锵的鼓点，或碎步或翻着跟斗，或一步三回头地来到戏台上。或许是灯戏看得太少了，朴实的农人们对每次亮相、每一个角色出场，都是一味地喝彩，因为在他们眼里，这些都是难得的"好戏"。

在那少不更事的孩提时代，我并不明白眼前所见即是生长于民间、被唤为"喜乐神""农民戏"的川北灯戏。对于台上让人捧腹的俚语唱词，夸张变形的人物体态，以及那些似我们川北人街坊邻里拉家常的方言念白，全然似懂非懂。但这并未削减半分高涨的看戏热情，我和几个玩伴总是挤在人群的最前面，抻着脖，眼巴巴地等待每一个角色上场。台上在唱、在闹，台下在笑、在起哄、在应和。淹没在这种欢乐的海洋里，大人们平日为生计奔波的劳顿、烦忧，此刻全然远遁！只有婉转的唱腔、悠扬的旋律，和着他们轻松的心绪，在这乡村的夜晚，漫天飞舞……

往往戏未过半，我们几个调皮小孩就坐不住了，三五成群，鱼一样游进游出。一会儿去人群外黑灯瞎火地玩捉迷藏，一会儿到空坝上模仿台上的演员瞎喊两嗓，一会儿转到幕布遮掩的后台去看稀奇。看见我们冒失地闯进来，愣愣地东瞧西瞅，并未喧哗、碍事，管理后台的戏班人员几乎从不哄吓我们离开。俏皮的彩旦侧目对我们抿嘴一笑；等待上场的长髯花脸用马鞭蹭蹭我们的小脑瓜；还在匆忙勾画脸谱最后一笔的丑角突然仰头冲我们扮扮鬼脸，是常有的事。而那些打鼓的、拉琴的乐师，却旁若无人，紧盯着眼前摊开的乐谱，或敲或拨，或拉或打，一丝不苟，从容不迫，紧紧吻合着台上的唱跳，用乐声推动剧情跌宕发展。

夜已深，随着一阵激越的锣鼓戛然而止，灯戏结束了。在乡村农人粗糙大手发出的掌声中，演员们一字排开向台下鞠躬、谢幕。乡村的夜到处一片漆黑，而演戏的空坝，却霎时灯火通明，热闹非凡。无数个灯笼、火把此时在这里次第点燃，大人们邀约着，招呼着，还意犹未尽地热议着刚刚看的段子，有的干脆扯开嗓子意犹未尽怪腔怪调号上两句，孩子们则呼朋引伴，三五成群地持着火把结队回家。不一会儿，那些光亮随着人们的闹声，在田坎上、山垭上分散、流射开去。这一团，那一盏，间隔着又连接着，相互辉映，蜿蜒前行，仿佛给我熟悉的山乡之夜着上了一件绚丽而又陌生的外衣！

置身那样的场景，我总生出深深的错觉，恍惚自己蓦然闯入了一个以天为幕、以地置景的大舞台。回家的人，不熄、飘摇的光火和连绵起伏的喧嚣，悉数幻化成了灯戏演出的人物、道具和背景，仿佛刚才灯戏并未结束，而是在短暂的休憩过后，被一双神秘的巨手拈到了另一个更恢宏、更阔大的舞台上继续上演，而此时此刻灯戏的主角，俨然就是乡村那群持着灯、举着灯、提着灯，抑或高举着火把的，说着、唱着灯戏的大人和孩子。

离开故乡很多年了，再见到原汁原味的川北灯戏，是在去年川北灯戏艺术节开幕式上。那晚，夜色渐浓，华灯初上，恢宏的大剧院周边挤满了黑压压等待入场的人群。虽排着队检票，但似乎都有些急不可待。悄悄隐藏在队伍之中。进门的通道两边，近百名灯妹手持红灯笼娉婷而立，红灯辉映着笑脸，空气中激荡着无法言说的欢愉。

同样是汹涌的人流，同样是满目的灯光，同样是迷离的夜晚，同样是为一场灯戏！只是时光已悄然流转了几十年！我双眼朦胧了！一阵紧似一阵的开场锣鼓中，我加快脚步，抬腿间，恍惚成了那个青涩懵懂的少年。

# 炊烟，炊烟

我是在出差回来的火车上又看见她的。当时，我正手持相机捕捉着窗外流动的风景，突然，一片浅浅的丘陵如画卷般徐徐在眼前展开，一处绵延的梯田尽头，一座低矮朴素的砖瓦房上方，一缕淡淡的炊烟袅袅娜娜，像是一段薄如蝉翼的纱幔，翩跹飞来，猝不及防地击中了我，继而柔软又多情地覆盖在我的心坎上。我怔在了那里，忘记了按快门，一任浓烈的乡愁裹挟着翻飞的思绪，呼啸而来，奔向远方……

我出生在川北农村，那年月村民都用柴火生火做饭，烧着土灶，煮着粗粮，土灶关系着一家人的生计。出山做活的人们，从地里一抬头，远远望到自家屋顶升起的炊烟，仿佛就看到了灶屋里老婆孩子的笑脸，欢快舔着锅底的红红火舌，还有那热气腾腾喷着香摆上桌的白米饭，疲劳与饥饿一扫而光，于是，皱纹舒展了，步履轻快了，说不定，歌儿也跟着哼上了！

一家人的饭好不好吃，食材的优劣是关键，灶台打得好不好也很重要。灶台要方正，灶膛要开阔，这都是好灶讲究的地方。如果灶膛狭窄，空气不足，火就不易点燃，即使捣鼓燃了，稍一疏忽，一下又熄了，这样烧烧停停"不温不火"，煮出来的饭，也是少有香味的。

一口好灶，还要搭配好的烟囱。烟囱直插云天，并非为了雄伟壮观，它们其实是附着在灶台上修建的排烟管道。烟囱一般就势着房屋结构，或直冲屋顶，或弯扭、盘旋着从土墙、从房梁上钻出来。随着火势、风势的变化，一缕缕炊烟或浓或淡，或急或缓，从烟囱口飘出来。

好的烟囱，炊烟就像听从指挥乖巧的孩子，顺溜地从烟囱口钻出来，灶屋里是闻不到烟味的；设计不合理的烟囱，阵阵炊烟就像群顽皮的孩子，躲在烟道里嬉戏、徘徊，千呼万唤，就是不出来，时不时还要耍性子，从烟道里倒退回来，奔出灶膛跑到灶屋撒野，直扑人的口鼻眼，灶屋里的人定是屏住呼吸、眼里泛泪、咳嗽连连，苦不堪言！

记忆中，麦秸秆、油菜梗是最好的柴火。只需一星半点火，瞬间就噼里啪啦蹿成燎原之势，不一会儿，锅里就沸腾开了。要是冬天烤火取暖，或逢年过节打牙祭要炖鸡炖鸭，大柴就是首选。所谓大柴，其实就是用干枯的树干或树根的最上段做成的柴火。记得那时快过年的冬天，村里的男人们总爱抢着斧头，把收集起来的大柴使劲劈开，分成长短粗细相较无几的条状，然后齐齐地码在屋檐下。用时捡上几段，在柔软干燥的柴火上引燃，轻拉风箱，大柴便可熊熊燃烧，经久不熄，生火者无须一直守在灶边不停添柴，大可到别处转悠转悠，偶尔过来观望观望火候，嗅嗅锅里的肉香，偷偷闲散舒适一回。

如果柴好灶也好，煮一顿饭是不需要费好大工夫的。那时没有手机电话，每到中午傍晚吃饭时间，村子里总是会响起一声声的呼喊，吃饭喽——长长的拖音，带着川北婉转的声腔，有唤爷的，有叫爹的，有喊娘的，当然也有叫孩子的……一声接一声，应的呼的，此起彼伏，这家人才一声声喊过，那边院子、那个坡又响起来了。不管是应的，还是呼的，声音里总是带着愉悦，震荡着激动，包裹着甜蜜，穿行在村庄上空。

后来离开家乡到外地求学工作，在城市一住就是二十年，炊烟淡出了我的视线。汶川大地震那天，由于联系不上身在故乡的老母亲，我如热锅上的蚂蚁一阵着急，傍晚安顿好家人，我决定和儿子驱车赶回老家。夕阳西沉时，我们的车子爬上了村头的山垭，儿子突然指着远方，激动得声颤颤地叫起来："炊烟，炊烟！奶奶平安着呢！"

顺着儿子手指的方向眺望过去——山坳里，我家低矮的老屋上空，几缕淡蓝的炊烟，正袅袅升起，在黛青的瓦屋顶氤氲弥漫，仿若一幅水墨画，温润怡人。我眼眶潮湿了，儿时一幕幕过电影般闪现在眼前，朦胧中，我恍惚看到老母亲扑打着身上的灰尘，蹒跚着走出屋，站定在院坝里，朝着山垭一声声唤着我的乳名——回家吃饭喽!

停住车,我静静地坐在车里,远远地望着我家老屋上空那方天空,以及那些正在接近天空的炊烟。我不忍心发动车子,莽撞地冲进那幅安静的画面。

# 情　书

　　刚进孟秋，乡里有人捎话来，说瘸爷要办酒了，叫我们同院的后生晚辈，无论多忙都回村一趟，一来帮忙搭把手，二来当面祝福瘸爷，给他好好凑个热闹。那一夜，我躺在床上，望着窗外宁静的月色，很难安然睡去，眼前总是浮现一些旧的事、旧的人。仿佛他们在画里，在烟尘中，但后来，我看清了瘸爷的样子，他挑着担子，用他浓重的川北口音，憨实地吆喝着，一瘸一拐闯进我的视线。

　　瘸爷生来腿就有些异样，虽只比我大六七岁，在族中的辈分却高，和我一般大的孩子，大多得叫他爷，由于腿瘸，自然就叫成了瘸爷。瘸爷——爷——，午间、饭后，我们一群小伙伴常聚在院坝里，拖拽着怪诞的声线叫他，那长长的尾音刀子般划过寂寞的村庄，直抵院坝外那座住着瘸爷的破败泥墙屋。不多一会儿，瘸爷总会一瘸一拐，背后拖着他母亲三祖祖的责骂声，乐呵呵地出现在我们面前。捉迷藏、跳格子、扇烟牌，他都在行，甚至比腿好的我们还在行。调皮的伙伴总爱拿他的瘸腿取乐，变着法子捉弄他，但他很少气恼，总是那副没心没肺乐呵呵的样子。

因为腿瘸，瘸爷一天也没去成学堂，十来岁便跟着老祖祖扛锄头扶犁，过上了背太阳过山的日子。我曾暗自羡慕过不用上学的瘸爷，想到数学老师那张总是阴得能拧得出水的脸，我常常无比向往可以在阳光下自由奔走的瘸爷。但人心真是难以捉摸的东西，瘸爷却似乎很想上学。很多次，我趴在院后的板凳上做作业，他都跑来坐到我面前，什么话也不说，就那样笑嘻嘻地看着我和我摊在面前的书本，仿佛我与那些书本是迷人的糖果。有一次，我从题海里抬起幽怨的眼，问他怎么不去求三祖祖让他上学，我们班有个比他的腿还瘸呢！他像被我当头打了一棒般，愣怔了一下，嘴巴张了张，终是没说出什么，然后悻悻地走了。

我刚上初中那年，已长成大小伙的瘸爷竟挑上担子，无师自通成了走村串户的补鞋匠。瘸爷虽腿瘸，脑子却好使，三五年下来，他竟练就一手好手艺，剪、割、粘、磨、缝，动作连贯，如行云流水。一双残破不堪的鞋，经他手呼噜一捣腾，不睁大眼仔细瞧，还真看不出鞋曾修补过。瘸爷的生意一天好过一天，农忙或刮风下雨，不挑着担子出去转，照样有人老远拎着鞋，寻来他家修补。张二姑娘就是其中之一。那些日子，祖母的心跟明镜似的，一有闲工夫，她就和院里几个姑婶挤在一起，拿眼斜瞟直奔瘸爷家的张二姑娘，话里有话地絮叨半天。

不过我倒是不讨厌这个嗓门粗大的邻村姐姐，每当她拎着鞋，叫着瘸爷的名字，一次次经过我的睡房时，我脑中就一遍一遍地涌现出奇奇怪怪的念头。这个可爱的姐姐怎么有那么多的鞋要修补？她是不是把修好了的鞋拿回去，又偷偷拿个锥子戳坏，让老鼠来做替罪羊？抑或她和瘸爷早就心领神会，每一双鞋压根儿没让瘸爷补牢，线减了半，收头的地方故意忘了打牢结。想到这些，我就忍不住想笑，不过张二姑娘真在瘸爷屋里咯咯地笑了，那笑声从瘸爷泥墙屋逼仄的窗口飘出来，在院里脆生生地回荡，久久不散。这时，院里挤在一起的女人们总受了刺激一般，一齐伸长了脖子，屏息侧耳，然而，除了笑声，什么也听不清，我听到祖母酸溜溜地从鼻子里哼出一句：癞蛤蟆想吃天鹅肉！

那段岁月，瘸爷眼里总是放着光芒，他挑着担，步履虽仍是一瘸一拐地扭动，却轻盈、节律而欢畅，仿佛他不是在走路，而是在跳着一种欢愉的舞蹈。而他那一句句响彻在村庄上空，平实而憨厚的吆喝——补鞋咯——补鞋嘞——听起来竟然婉转悠扬，仿佛那一字一词都被谱了曲儿，被他活生生唱成了歌儿。

现在想来，那时的瘸爷，定然是被爱情之火熊熊灼烧着，当自己心爱的姑娘出现时，年轻的瘸爷压根儿忘了他的残疾，忘了那残疾始终像伤疤一样，和他如影随形。他飞蛾扑火一般奋不顾身，张开双臂，想抓住那汹涌而来、被世人稀罕地叫作"爱"的东西。然而，没过多久，瘸爷就败下阵来，败得溃不成军。那些时日，瘸爷像冬眠的动物一样，噤了声，成天猫在家里不出门。

即使偶尔出来，也不再吆喝了，只静静地挑着担子走过，有人招呼他，他则放下担子，拿出工具，不发一言，兀自低头修鞋。我后来才知道，在张二姑娘的父母的眼里，在世俗的观念里，再能的瘸爷也是癞蛤蟆，身体健全的张二姑娘就是那只高高飞在天上的白天鹅。上门提亲的瘸爷即使泪流满面，重重地跌跪在张二姑娘的双亲脚下，也没能改变被扫地出门的命运。为躲开瘸爷，张二姑娘的父母煞费苦心，匆匆托人为女儿在外省寻了亲。

张二姑娘被带上去外省的汽车时，瘸爷一瘸一拐发疯一般追出去的身影，我没有亲眼看见，但我能够从小伙伴横飞着唾沫的描述中想象当时瘸爷无助的哀号，就如同那个冬天穿过院坝、扫过房梁的那些风的呜咽。那些冷得出奇的夜晚，风一阵紧似一阵，风声里我听到了瘸爷一声声的哭号，真真切切，又若即若离。在那些无眠的夜晚，上弦月、满月，抑或下弦月，月亏月盈，于孤独的瘸爷，都是一样的孤独和等量的相思。

几次推窗，望着月下院坝里靠着墙根郁郁寡欢的瘸爷，我就想，若是瘸爷识得字，在那些孤独的夜晚，他一定会披衣起床，在如豆的油灯下，就着如水的月光，对着一张苍白的纸，写很多很多字，写满缠绵悱恻和离愁别绪。天亮后，一瘸一拐到街上的邮局，寄给千里之外的张二姑娘，一封又一封，就像曾经那么爱着他的张二姑娘，拿着一双双沾染着甜蜜、浸染着爱意的鞋，清晨、黄昏，一趟趟往返在瘸爷和她家草木丛生的小径上。

这些都是我青春期无边的臆想，我甚至天马行空地想到了张二姑娘那个红烛摇、人寂寞的洞房之夜。那个夜晚，她是否从箱底里悄悄翻出那一双双瘸爷修补过的鞋，抚摩、泪落，而后又一双双，连同那些美好的情愫，一一压进箱底。那些年，千里之外的张二姑娘到底经历了怎样的内心挣扎，经受了多少时光的消磨和抚慰，才最终妥协释然，尔后默默安顿内心，在远方和另一个他，在另一个屋檐下执起手来，开始属于她的那段柴米油盐烟火人生，我并不知道。但令人宽慰的是，远走他乡的张二姑娘似乎过得并不赖，第二年便生了大胖小子，听说嫁的姑爷也实诚勤劳，除了种庄稼，还到附近粉面加工厂帮忙，小日子如芝麻开花——节节高。

瘸爷却还是瘸爷，他依然日出而作，日落而息，农闲还是挑着补鞋担子出门。只是从此，他似乎重重锁了心，没有人能够走进去半步。那以后，我再没见他处过对象，遇上有人说要给他说媒牵红线，他就冷脸转身离开，如若避不开，便红脸动怒，斥人无聊，久而久之，村子里也就不再提这档子事，大家仿佛也认定，瘸爷就是要孤零零打光棍儿一辈子了。张二姑娘的姑父生重病的消息传回村子没几日，瘸爷来找了我。我清楚地记得，那天下午，学校广播里循环播放着一首关于告别的流行曲，浓郁的情绪在走廊、操场、教室强烈地弥漫着，我忙着填报志愿，一抬头便看到站在窗外穿着干净白衬衫的瘸爷。他把我叫出去，拉到无人的楼梯口，摊开攥在手里的纸片，小声让我帮他按纸上的地址，寄钱过去。我知道站在纸中央的"张梅"便是张二姑娘，可五千块，于那时的瘸爷绝不是轻巧的数字，一双鞋五角钱，五千块得走多少村，修多少鞋啊。我想劝劝他，却始终开不了口。

那些年，从镇中学到坐落在街尾的邮局隔着一条长长的坡路，陡，且弯道多，但瘸爷的腿却一下子好了一样，身轻如燕，步履飞快，一口气便爬了上去，留我在后面气喘吁吁。那天不逢场，街上人稀，空荡荡的邮局更是显得冷清。就是那张简易的条桌，我很快帮他填好了汇款单，随后，我把它拿到瘸爷面前，展开，从上至下逐项念给他听，邮编、汇款金额、收款人地址、姓名，虽不识字，他却睁大双眼一直追随着我的手指，那切切的目光，让我突然想到了张二姑娘离开的那个冬天，想起了那个冬天呜咽的风，想起了呜咽的风中瘸爷风一样的呜咽。我清清嗓子，手指停在汇款单最右面一小块空白格子上，放低声音告诉瘸爷，这最后一项是写汇款人留言，想说的话写在这上面，收款人都会看到。

那一瞬间，我看到瘸爷怔了一下，那天特地刮干净了胡茬儿的脸，小姑娘般泛起了绯红，他思忖片刻，嗫嚅着，少顷，做了很大决定似的说：帮我写吧，就写"好好过日子，会好起来的"！在他的注视中，我把他的话一笔一画写在纸上，写完后，再把汇款单递到他手中，指着刚写就的字，一个一个念给他听，他的目光凝视着那几个寂寥的、竖排成一行、还散发着墨香的字。我问他，还有吗？他摇摇头，默不作声，一秒、两秒……我发现他眼眶渐渐红了，突然，他背过身去，一把把汇款单塞到我怀里，快步走出邮局，一瘸一拐地远去了。

那是二十多年前我代瘸爷郑重写下的十个字，那十个字，我把它看作是我有生以来见过的最简短、直白，却又最情深义重的情书，是瘸爷写给张二姑娘的第一封情书，也是他们之间的最后一封情书。那以后，瘸爷便换了个人似的，作别过去，开始了他新的人生，村里又响起了他熟悉的吆喝声。后来，听说瘸爷离开村子在乡上租了门面开了店，再后来在镇上买了新房，三年前瘸爷又回村承包了荒山，搞起了花木种植……而这一次，是瘸爷埋在心底的爱——苏醒了！

收到喜讯的翌日，我坐上了返乡的夜班车，那晚下着细雨，没有月亮，没有星星，火车穿梭在无边的黑暗里，恍惚穿梭在时空隧道里。闭上眼，我竟恍惚听到月光挣破云层，轻轻铺在地面的声音，脑海中忽尔满天星斗，一如多年前那方孤独的院坝，和院坝上空那方月光如水的夜。眼里有潮乎乎的东西不合时宜地溢出来，朦胧中我分明看到，在我即将抵达的那个村庄上空，在瘸爷亲手打理的花木园中，那一轮多情的圆月，已悄然挂上树梢、枝头……

# 大雪在黄昏落下

与村里其他农妇一样，母亲勤劳而又善良；然而有一点却不大相同，这在我少不更事的年纪就隐隐约约感受到了。

那年大年初一，欣欣然穿上新衣新鞋，我就兴冲冲地跑向热闹的院坝。伙伴们正围成一圈做着一个有趣的游戏，我迫不及待侧着身子挤进去时，不知谁突然尖着嗓子叫了一声："哇！看冈娃的新鞋，又肥又扁，像啥，打鱼船还是洗脚盆？哈哈哈！"一瞬间，伙伴们停住了手上脚上的动作，齐刷刷将目光射向母亲给我做的那双过年鞋。在随即响起的一片嘈杂的哄笑和叫嚷声中，我刚刚还沸腾的情绪被兜头而来的一盆冷水浇了个透心凉，我伤心地哭起来，颜面尽失地逃离了小伙伴，向家的方向跑去。

母亲闻声奔出来，弄明事情的原委后，她一把抱起我，笑着哄我说：冈娃真傻，鞋大点咱冈娃才长得快啊，明年就长你涛哥那么高，娘就给你买涛哥穿的那种皮鞋，好不好？

涛哥是同一个院子的一个大哥哥，他已离开村庄去了很远的地方当上了兵哥哥，他往家里寄回来的照片，都是一身精神抖擞的橄榄绿，而我最羡慕的，却是他脚上踏着的那双锃亮据说叫"皮鞋"的鞋。那是鞋吗？它那么棱角分明！它那么威武骄傲！一路洒下咯噔咯噔的歌声！那一年回乡探亲，涛哥甚至当着我们的面，拿把刷子，往鞋身上轻轻涂上一层漆黑的油，涂好后，再用旧布条来回这么反复一拉动，哇！那双鞋竟立时神奇地闪闪发光了！

那双发光的皮鞋一直活在我的梦里，我曾无数次缠着母亲给我买一双那样的鞋，她总是推脱，现在她居然给我许下了这么好的承诺，我一下收住了眼泪，破涕为笑。然而，一个又一个"明年"过去了，我还是没长到涛哥那么高，穿上皮鞋，也仍然是个美丽而诱人的梦。

刚上初中那年，快过年时的一天傍晚忽然纷纷扬扬下起了大雪。到第二天天亮，小村已从头到脚被裹上了一床巨大的厚绒绒的棉絮；雪，还在簌簌地下个不停。

川北的孩子，难以看见天空飘落一粒雪，这么一场跨越白天黑夜的大雪，更是头一次。我和弟弟起了一个大早，鸟雀似的撒欢、叫唤着，我们没工夫去管冻成红萝卜的小手，我们挤在屋檐下，伸根竹棍去搅动那漫天飞舞的风雪，就像和风车作战的那个唐·吉诃德，我们甚至热烈地讨论着，等雪停了，我们带上什么工具、邀上哪些伙伴去院坝里堆雪人，抑或到河对面的山岗上打雪仗。

"哥，快看！"弟弟嘴里蓦地响起的一声惊呼，一下把我从打雪仗的憧憬中拉了回来，顺着他定定地指着的方向，我的目光穿过风雪，穿越院坝，我怔住了。院坝外面，白茫茫的田野中，隐约一个人，夹裹在风雪里，一摇一摆，在艰难地向我们这边行进着，远远看上去，宛若惊涛骇浪中一叶飘忽摇曳的轻舟！每走一步，她都攒足了浑身的力气。

近了，近了，更近了，我看清了！"妈！"我颤声的呼唤，在蛮横冲撞的风雪里显得那么低微无力。我看见母亲身上、斗笠上覆满了皑皑白雪，她一只手里竟还提着一篾笓洁白的雪！而她另一只手，却在不停挥舞着，她在不断扒拉、驱赶着疯狂向她脸上、身上扑将过来的风雪，而她脸上，雪融化成水，湿漉漉地往下滴着。

"听说你二嫂家做棉被还剩有棉花，我去借了些，给你们做双棉花鞋！前些天尽忙活儿了，把这茬儿耽误了，看这天冷得哟！可把你们冻坏了！"母亲似乎怀着歉意，细细地打量着我们两兄弟，一步步走过来，把我们拢在一起，然后牵往屋里。

我走在她身边，这才看清她提着的篾笓里，盛装着用透明胶纸捂得严严实实的棉花，那些棉花，一团团紧实地挨挤着，就像母亲用被子扎箍在被窝里的孩子，呼吸均匀，安然入睡。那些棉花，雪一样白！白得像阳光，刺得我眼眶潮润。也就在那一刹那，我看到了母亲冻得发紫的嘴唇在不住地哆嗦、抖动，我的心不禁一阵猛颤……

　　不知道那一个瞬间，我究竟成长了多少，但我知道就在那一瞬，在那个最寒冷的日子里，我的心底从此留下了一缕最温暖的亮色，再也抹不去。时光更迭，而今果真穿上了锃亮的皮鞋，我心里却常常念起那年冬天那双暖洋洋的棉花鞋，以及那场无声无息在黄昏降落村庄、覆盖天地的大雪。

# 从日暮到清晨

　　就着四下满眼的绿意，身体包裹在漾动的习习微风里，把自己锁进一段奇异、丰美的文字。于年少的我，便是所能想到的最奢侈的游戏了。家中房间逼仄，光线从嵌于屋顶的几片亮瓦透进来，稀疏地投射到书本上，效果总是差强人意。完成了一天的功课，房后不远处潺潺的小溪上方，那棵无人打扰、虬枝盘结、亭亭如盖的粗大楠木树，便成了我读书的最佳去处。

　　那些从各处软磨硬缠借来的书，装着孙悟空、贾宝玉、精忠报国的岳飞，以及农夫和蛇。随着我的阅读，那些故事神奇地穿过我的身体，在我最初的认知里，深深浅浅，涂上童话般的底色。家里出了个爱读书的孩子，世代务农的父母似乎深感荣幸。他们总以各种理由把我支开，让我少做那些如庄稼般疯长、总也干不完的活儿，即便披星戴月，早出晚归。

　　1994年夏季某个闷湿的午后，在那棵楠木葳蕤枝丫的层层掩映里，我走进了一片清凉的绿色世界。人们穿着绿色的衣裳，赤着嫩绿的脚，举着状如火焰的绿色冰棍，接着我看到前方一只绿色的鹿，它突然回身，轻盈地向我跑过来，接着是更多的鹿，嘀嘀嗒嗒，嘀嘀嗒嗒，它们的脚步最后汇成了弟弟唤醒我的一声声热切而动听的呼喊。

弟弟站在楠木树下，仰头对我讲着什么，蝉鸣和正向这边跑来的母亲的聒噪盖过了他的声音。我听不清，但他涨红的脸和手舞足蹈的样子，已明明白白告诉了我一切。是的，我考上了。虽然只是中专，但在那时，在我们那片远离城市的村庄，那就意味着一生命运的改变。不怎么喝酒的父亲那天破例小酌了两杯，激动和喜悦在他脸上红通通地流淌。他话不多，总是词不达意。在我喝完碗里最后一口粥时，他终于开口问我，需要什么书，他明天去镇上都买给我。

那年九月，箱子里塞着简单的衣物和父亲为我买的那几本大部头，我们坐上了开往"雨城"的长途汽车。那时火车不通，中间还须在成都住一宿，再转一次车。本以为途中可以边读着那些书，边赏着窗外流动变幻的风景，让旅途多彩而充满意义。哪料第一次出远门的我，一路肠肚翻滚，晕车严重，呕吐不止。父亲也无计可施，只好轻轻拍着我的背，望着车外漫漫前路，一遍遍烦恼地喃喃道，怎么还不到呢？

那座雨水丰沛的城市，喂养了我的青春，也哺育了我如荷尔蒙爆发般蓬勃生长的孤独。班里都是来自省内的佼佼者，成绩上素有的优越感一下消失殆尽，不包分配的传言四起，对未来的焦虑，虱子一样爬满我青春又不安的身体。庆幸的是，我很快找到了自己的避风港，可以说，那也是离开故乡之后，我的另一棵栖身的"树"。

那座年代久远、飞檐斗拱的青砖旧式庞大建筑，是学校唯一的图书馆。那么多的文学巨匠，那么多影响了无数人一生的文学名著。它们就藏身于那些借书卡井然有序的数字之后，它们在那些错落有致的柜格间排着队，等在时光一隅，等着我们一双双青春之手，等着我们一双双芳华的眼睛。黄昏，或清晨，每每沿着篮球场尽头那一大片修剪齐整的花圃往南走，想着那些可能发生的、有关文字的惊心动魄的遇见，心就怦怦跳，如鼓轻擂。

图书馆大门口一左一右相望站立着两棵桂花树。巨大的花冠包绕、环盖着图书馆的房顶。每年八九月，图书馆里的书，图书馆里看书的人儿，还有那些轻碎的呼吸，似乎都浸染着纤细的、源源不断的花香，从日暮到清晨。

上中专的第二年，是一个黄昏，我手里捧着那本还未读完的《简·爱》，走出芳香的图书馆，走过芳香的花圃，来到校门口那个簇新的邮筒前，鼓起勇气寄出了我人生第一封投稿信。同时寄出的，还有给远方一位女同学的信，那封信末有我从《简·爱》里新鲜摘抄的几句话。

那几个掷地有声、带着火花的词句，并非《简·爱》里最精粹的部分，但当相貌平平的简，站在桑菲尔德庄园主罗切斯特面前，带着委曲、不甘，和几近绝望的战栗，大声喊出她的爱情宣言时，看似一无所有的简，瞬间浑身充满了迷人的光芒。这个情景，也许与我那时的境况产生了强烈的碰撞和共鸣！一下就打动了我！在图书馆那个光线不知不觉变暗的角落，我无声地读着，泪流满面！

很幸运，我的第一篇文章半个月后就变成铅字，展示在图书馆旁边靠近教工宿舍那面光洁的报栏里。同学们一拨拨结伴走过，并不知道我体内涟漪般泛动着从未有过的喜悦。我站在那里，树一般，一字一句，一遍遍地读，像读那些曾让我久久不能释怀的经典和名句。

阳光正好，桂花香高高地飘过来，从图书馆高高的房顶上。

# 川北过年

　　住在乡下的母亲打来电话，说要过年了，回家杀年猪吧。放下电话，窗外正呼啸着数九隆冬的寒风，想起母亲此时定然拧亮一盏灯，端着猪食倚着猪圈，看着圈里吃得正欢的猪儿，想着即将归家的儿子，脸上漾起一片温暖的笑意，我的心也跟着热乎起来。

　　记忆中，川北大山深处的年味总是从杀一头年猪开始酝酿和发酵的。在那物资匮乏的年代，杀年猪对于农人来说，无疑就成了一年中的头等盛事，每杀一头年猪，从村头至村尾是无人不知无人不晓的，那几日人们见面嘴里聊的，口中传的，句句都是关乎年猪的事儿，什么张家的猪儿膘厚油白啦，李家媳妇能干今年要出栏几头肥猪啦，楠木院坝那天好多人吃庖汤啦，如此等等，这种涌动着希望的闹腾，从头几天请杀猪的匠人时就开始了。

　　那年月，到了年关杀猪匠就成了村里的香饽饽，因为匠人少，来来回回三两趟跑去请是常有的事。若是挨匠人住得近，隔个河邻道坡，站在高处你扯开喉咙喊一嗓，他鼓着腮帮应一声，这事儿十有八九就成了；住得远，光凭喊是听不到的，捎信又嫌太慢，心急的男主人就要亲自动身出马。一进匠人的门，廉价的香烟勤密地递着，话头热络地聊着，眼巴巴地等着匠人排着工期，给了个准信，才吃了颗定心丸似的心满意足地从杀猪匠家出来，眉头也舒展了，脚步也轻快了，指不定歌儿也哼上了，仿佛这杀年猪的日子定下来，这个年一下子就有了味儿。

一大清晨，鸡鸣犬吠的院里已黑压压聚集了一大群人——掌管杀猪刀的杀猪匠，凑过来看热闹的邻居大妈大嫂，主人家请来帮忙出力的精壮劳力，还有一伙跑来跑去总来添乱的顽皮小孩，仿佛一场大戏，主角配角群角、生旦净末丑，一应俱全，大家屏住呼吸，各就各位，只待"主角"年猪"粉墨登场"。

此时，最后一次给猪喂过食后，女主人再一次恋恋不舍地抚摸着喂养了一年的自家猪儿，多少有些磨蹭地打开猪圈门，口中"啰啰、啰啰"爱怜地轻声唤着，双手轻带牵引着套在猪脖上的绳索，肥滚滚的猪儿便听话地踱进了院坝。待猪儿的身子靠近用石板临时搭起的杀猪台，杀猪匠和一干劳力便利索机敏而又小心翼翼地包抄过来。待地形方位变化调整到恰到好处，杀猪匠便高喝一声果断下令，四五个精壮劳力触电一般从四面蜂拥而上。面对这突如其来的状况，可怜的猪儿还来不及反应，便被一双双粗糙大手抓牢继而轰然推倒。骤然响起的震耳嘶鸣和胡乱冲撞，是猪儿的本能反抗，但在五大三粗的汉子面前，反抗终归都成了徒劳。几番挣扎过后，年猪已被五花大绑并牢牢控制于杀猪台。然而猪儿并不甘心，它依然扭动着哀号着，喘息也更急促沉重，声声嘶鸣越来越揪心。

在看热闹的孩子们眼里，此时杀猪匠俨然一个令人"马首是瞻"的总司令，他指手画脚急吼吼地发号施令，一会儿叫猪脚再抓牢些，一会儿又让把猪头摁得再低些，他则手持一把明晃晃的长刀，身体前倾，靠近猪头，一双眼睛滴溜溜地在猪脖上来回瞄。定是时机到了，他俯着的身子突然后仰，持刀的右手顺势高抬，只见他手起刀落，白光一晃，长长的刀刃扑哧一声便捅进了肥实的猪脖子。在一声凄厉的嘶鸣后，猪脖上血流如注，猪粗喘呻吟两声，便没有了动静。顷刻间，人群仿佛被点燃了一样，女主人忙奔过来用盆接住如注的鲜血，男主人拎起桶子跑回去挑水，阿婆急急地往熊熊燃烧的灶膛里添加柴火，小孩跑的追的，这儿一堆，那儿一群，往最热闹的地儿挤，向最稀奇的所在钻，打翻了水盆，弄污了板油，被大人嚷嚷着赶开，转眼却又偷偷围拢过来，怎么唤，就是赖着不愿离开。

接下来，烫皮、去毛、剖腹、洗肠、剔骨、切块，人们穿梭忙碌，井然有序地展开这一年又一年烦琐却让人心生欢喜的道道工序。这边，灶屋上方不知何时炊烟已袅袅升起，新鲜的猪血、精瘦肉从院坝热气腾腾地送进灶房下了锅。终于，白生生的一块块猪肉穿上绳晾出来了，香喷喷的庖汤也一碗碗摆上了桌，不管是大人还是小孩，不管是亲戚还是邻里，只要是到场的，都被热情的主人邀请吃庖汤。朴实的农人是少有推辞的，他们一抬屁股就爽爽快快齐齐整整围上了桌，于是，流油的肉坨大口塞进了嘴，浓烈的小酒灌进了胃，家常拉起来，趣儿打起来，笑语欢声一阵又一阵！在这一年中最寒冷的时节，乡村院坝却被热气腾腾的喜悦情绪包绕着，熨帖着，温暖如春。

"千门万户曈曈日，总把新桃换旧符。"又是一年年关时，贴对联、杀年猪的风俗在川北传了一代又一代，虽然今天物资富足起来了，杀年猪再说不上是川北农村的盛事，乡村杀一头年猪也再见不到当年的闹热，但从那个年代过来的川北人，依然在心头挂念着那一桌香喷喷的庖汤，依然想念那份杀了年猪等过年的喜悦，和乡村院坝里那种笑傲严寒、由内而外的温暖！

# 舞　者

　　愚钝的心性与生俱来，肉身也仿佛合谋着，跟着朝同一方向发展，造物主定然是没有一点要将我与舞蹈安排谋面的意思。可偏偏，我却与舞蹈有一段不解之缘，某些时候，我似乎也可称为一名舞者。这就不得不提二十多年前中专校的一次"事故"。那年天气异常寒冷，我们都穿上了棉袄，一个个熊一样穿梭在校园里。就是这个时候，我们班一名集体交谊舞者因打球扭伤了脚，眼看元旦晚会还有十多天就要举行了，由于男同胞极少，我竟被推举成了这名交谊舞者的"替补"。

　　为不给班级丢脸，五大三粗的我便硬着头皮上了。第一天排练下来，我的自尊心当然是大受打击。不仅频频踩痛舞伴的脚，还特气人地没有方向感，本来该向东跨步，偏往西抬腿，本该逆着转一圈，偏偏身子顺时针扭动，引得同学一阵哄笑！舞伴嚷嚷着要求换人，说如此下去，她也跟我掉到沟里去了。

后来的情形可想而知，我被"不幸"地替了下来。然而那些迷人的音乐却从此浇铸进了我的身体，我常常梦见自己身处霓虹灯下，我旋转，我扭动，我舒张手臂，我脚步轻移，我穿插变化，我快活无比。梦醒后，我暗暗下决心一定要学会跳舞。可到哪里学呢，这是一个难以逾越的鸿沟。让我到同校尤其同班女生面前笨手笨脚地丢人现眼，总觉得难为情，更不可能去专业的舞蹈老师那儿学。无奈之下，我与一位有着相似烦恼的室友开始"曲线救国"，周末辗转到小城另一头的卫校去参加舞会。

卫校女生比男生多，男生去邀请女生跳舞，女生通常是不会挑肥拣瘦找理由拒绝的，所以，到这里，我们似乎天生有了一些优越感。但即便如此，我这个舞盲一开始也不敢贸然去邀请谁，只得坐在角落里，两眼紧盯着舞池里那些舞蹈的人，心中暗自揣摩，与伙伴在下面嘀咕动作要领，前进多少步，后退多少步，这里该怎么转，那里该怎么绕……第二次去卫校的周末，几首曲子循环过后，在室友的推搡下，我终于壮士断腕般，走到了坐在对面的一位白衣女生前。

许是放松了心情，或是舞伴面带微笑的鼓励，几曲下来，我手上脚上竟有了感觉，身子也协调了，节奏也跟上了。心头喜悦，返校时，几乎要在昏黄的路灯下喊出声。几周过后，我就底气十足"杀"回了本校舞厅。那段时间，我不知不觉迷恋上了舞蹈，一鼓作气学会了三步、四步，毕业那年，我竟与班上其他同学组队，获得学校团体舞蹈大赛三等奖，也算是找回了几分颜面，漂漂亮亮地为自己打了个翻身仗！

毕业后我被分配到一所镇中学工作。小镇冷清，我的业余爱好倒是在体内猛然苏醒过来。周末有空，单身汉老师们总爱跑到我寝室要求我为他们献舞。我自然不愿扫大家的兴，往往有求必应，待我迈开舞步，他们有的跟在我后面模仿着跳，有的则和着旋律扯开喉咙高声唱，一时间，音乐声笑声闹声不断，俨然一片年轻人的欢乐海洋。

婚后，在我的耐心细致的帮教下，妻子迅速成长为我的理想舞伴，茶余饭后，收拾停当，打开录音机，两人挽手扶腰，碎步轻移，翩翩起舞。此刻，细微的风从窗户溜进来，挟着曼妙的音乐，拂上脸颊，生活的烦忧、困顿仿佛都悄然远遁，世界里只剩我与妻子的对视和低语，和默契到天衣无缝的步调，一曲未毕，美好的情愫已悄悄弥漫了房间、充盈了胸口。

小镇那家大众舞厅好像有些年头了，但不少人对进舞厅者仍颇有微词，认为跳舞无非就是搂搂抱抱，有伤风化。我和妻都是开明之人，自然抵挡不了灯光音乐的美丽诱惑，那段时间，我们周末常常"冒天下之大不韪"，悄悄潜进舞厅，一曲接着一曲，在无人注意的角落里跳。没过多少时日，我欣喜地发现，围观的眼神友好起来了，坦然拉着舞伴滑进舞池的人多了，背后指指点点说三道四者没有了，我们都舒了一口气，终于可以坦然地"走"进那片旋转的世界中。

广场舞风靡的今天，我虽算不上它们的忠实拥趸，却也并不抗拒这种娱乐健身的活泼形式。无论是晨曦初露的清晨，还是夕阳斜照的黄昏，只要钟爱的音乐骤然响起，我就觉得神清气爽浑身带劲，情不自禁就跟着挪动脚步，快速汇入舞动的人群，随着律动的节拍，用手，用脚，用欢快的肢体，去拥抱快乐，去张扬幸福。

# 春天的兔子

　　春暖花开的时候，我们的村庄仿佛一夜间就披上了五彩缤纷的外衣。我们院子左邻右舍的菠菜呀，黄瓜、西红柿啦，早就撒上种，施了肥，那一簇簇喜人的绿，已经星火一样在土地上摇曳、闪烁了，父亲才哼着歌儿，扛着锄，不紧不慢爬上对面山岗去松土。兔子到我家那年春天，除了侍弄田土里的庄稼，父亲似乎一直面带微笑，弓着腰，在兔子圈前忙里忙外。他手里持着的那把镐，在我记忆里，一次次高高地举起，又闪闪发亮地落下。

　　那个像半片耳朵似的、用篾片编织围成的简易兔子圈，就斜倚在院门那棵楠木树下，这是那个雪天由父亲选定的。那个大雪初霁的清晨，我和弟弟跟在父亲身后去青松岭。父亲说，越往山上，雪就积得越厚，只有青松岭，才能堆成真正的雪人。我们跟在扛着锹的父亲身后，心里幻想着即将横空出世的各种雪人，叽叽喳喳，山雀一样说个不停。爬到半山腰时，风陡然一下大了，雪虽早已停了，但身体周围、脸颊、后背、手指尖，似乎仍有冰凉的雪花在飞舞、穿梭、盘旋。我们的脚，在积雪里越陷越深，弟弟拔萝卜一样，从雪里使劲抽出一条腿，忽然兴奋地冲山岭对面隐约可见的村庄大叫一声，我也跟着干号了一声，父亲显然也被这愉快的情绪传染了，也扯开喉咙怪腔怪调地嚷嚷开了。

转过一面缀满茂密松柏的坡地，一片嶙峋的山崖横在了我们面前。父亲猛然想起了什么似的，戛然止住了声，他放慢脚步，盯着崖上那些起伏怪异的峰峦，掉转头，神情严肃，一根指头直直地竖在唇上。我并没有马上领悟他的用意，弟弟将捏在手里的一团雪朝我突然扔过来时，仍在快乐地叫唤。声音尖厉，直上云霄，悬垂、栖息在枝丫上的雪花，似乎也受到了惊吓，几乎摇摇欲坠了。

就在这时，嗖的一声，一道麻糊糊的影子不知从哪儿蹿出来，在我们身前闪电一样一晃而过，接着又是另一只！弟弟音颤颤地叫起来，野兔！野兔！它们一前一后，张开四爪，把身子像箭一样，用力地射出去。地上的雪被它们跳跃、奔腾的身体碰倒，又撞击得飞溅起来，像万千剔透的碎玉同时抛撒出来，裹挟着它们精灵般的身体，转眼消失在前方白茫茫的世界。

走在前面的父亲没有去追，他蹒跚着上前几步，蹲下身去。随后我们看到了他身旁崖上那个嘴一样张着的洞穴——那张嘴里，竟然有两只忽高忽低的耳朵和一个乖巧的兔子脑袋。它晃动着，伸缩着，似乎在思量、在犹豫，但它没有逃跑。父亲也愣了一下，随后嘴角浮起暖人的笑意，看见老朋友似的，喃喃自语了一句什么，突然一探手，轻柔地把那只野兔捞了起来。于是，那只兔子的整个身子便浮在了空中，我们头一次如此近距离看清了一只兔子的全貌。它似乎没有我们预想的大，它的两条细瘦的后腿，也并没有如我们想象中的在空中一阵狂乱蹬踢，而是无力地耷拉下来，水的波纹一样，微微颤动着。

父亲立即决定原地返回，把那只野兔带回家。我们跟在他身后，牵挂着野兔的命运，都没有再提堆雪人的事。也就是那天，父亲把用篾片编成的用来围门前那块菜地的篱笆圈在了那棵楠木树下，就算给了那只野兔一个新的家。我不知道父亲怎么知晓那是一只受伤的野兔的，扔给它一截萝卜后，他便行色匆匆去二湾请来了村里唯一的兽医。母亲认为父亲小题大做，小声唠叨了几句。父亲没听见似的，一边帮林医生打下手，一边说着什么食物链什么保护动物之类我们听不太懂的话。那截萝卜一开始似乎并不对野兔的味，它用带触须的嘴碰，用爪挠，躲来避去，就是不下嘴。也不知林医生对它做了什么，太阳红灿灿升到我们头顶时，父亲便跑进来大声宣布，那只兔子把萝卜吃光了。

第二天早上，我们是被院子里母亲的吵闹惊醒的。我们跑出去，一眼就看到了站在兔圈旁相持不下的父母。那把锃亮的镐僵持在父母之间，像一个滑稽的惊叹号！而父亲的脚下，那只野兔正睁着惺忪的眼睛打量着沐浴着毛茸茸晨光的我们，它的旁边，就躺着那个还未成形的洞。父母的争执被碰巧经过院门的林医生劝住了，林医生轻言细语的，但我们全都明白了他的意思——那只受伤的野兔即将当妈妈了，按照它们野外生活的习性，它需要一只安稳的洞窟产崽。母亲一下松开攥紧的手，涨红着脸走开了，好像即将生产的是她一样。于是，父亲重新蹲下来，在我们的注视下，举起那只锃亮的镐。

那只野兔毛色麻中带灰，长相平平，不像楠木院子瘸爷家养的那些兔子洁白如玉，也没有他的兔子那样似乎能照亮黑夜的、红宝石般诱人的眼睛。可我发现我仍无可救药地迷上了它，整日为这个小东西牵挂。每晚睡觉前，总要摸去楠木树下，就着或亮或朦胧的月光看一眼，才能顺当地进入梦乡。偏偏那段时间大街小巷开始热播《西游记》，那只长相惊艳、让人爱恨不能的玉兔精，又实实在在加深了我的担忧。有时我竟真切地怀疑那只野兔就是荧屏上那只能上天入地、来去如风的灵物，总担心某日我放学归家晚了，它便弃了篱笆，借助晃眼的金色夕阳的掩护，隐遁不见，或化作人形，一路飞升上月亮，从此躲进月宫，给嫦娥充当了捣药的差使。

当然，这一切都只是年少时天马行空的幻想。那只兔子大部分时间都躲进父亲用镐为它精心修筑的那个洞穴里睡懒觉，出来吃食、跑跳、踱步，也渐渐不怕人，似乎这个温暖的小院就是它另起炉灶的一个家。没过多少日子，它已大腹便便，就像每天来院子里瞧它的三姑。三姑已不上山干活，每天除了给家人做饭，她的任务就是东走西游。她似乎很懂野兔，每次都拉把凳子坐在兔圈旁，手里永远捏着一把野兔喜欢的吃食。那天，她递一把鲜嫩的车前草给兔子，摸着隆成小山似的肚子与兔子说话，我听见她喜滋滋地告诉那只埋头吃草的兔子，下个月她就要当妈妈了！

巧的是，三姑分娩那天早晨，我家的兔子也生产了。我妈跑去帮接生婆打完下手，咯咯笑着，进到院子还没来得及洗手，便在院里楠木树那边嚷嚷开了。她声音并不大，或许是沾染着惊奇和喜出望外的成分吧，反正我听着她唤父亲的声音是翻腾的、红通通的，一下就把整个院子搅醒了。于是，我们在最短的时间里，蓬头垢面全都涌到了兔子圈周围，瞧见了刚刚生产完身上濡湿、看起来有点脏，却似乎笼着一层什么光辉的母兔。我们是头一次见新生命出生，赤裸裸的那六只粉嘟嘟的小东西，无异于原子弹，击中我们，让我们激动又莫名不安，这一切，大人和那些刚来到世间的小东西自然顾不过来，它们被母兔拥在怀里，闭眼酣睡，全然不知我和弟弟内心的动荡与隐秘。

时光兔子奔跑般快速流逝，我们看着那些小家伙睁眼，站起来，进食，蹦跳，学会奔跑，在父亲的精心照拂下渐渐长大。我们每天围着它，细数它们身上细小的变化，却并未察觉到院里一天天的改变——围着兔子的圈在悄悄扩张，以及潜沉在那些兔子短小身体里的野性在偷偷苏醒、聚合和发酵。父亲每日归家，都带回一根新鲜的竹子。我后来才知道，待我们睡了，他才坐在院里那圈昏黄的灯光下，不慌不忙，裁取、切割更多的篾片，编织更多的篱笆，以至最后，整个院子几乎都被圈了起来，成了那七只兔子的家园。

父亲把我叫到院坝的那天黎明，弟弟还在爪哇国梦游。父亲似乎没打算叫醒他。我看见他从弟弟床边经过时，刻意缩紧身子，放轻放缓了脚步。那是兔子来我家的第二个月末。父亲身后的院子里，是空空如也的篱笆，以及装进背篓里、耳朵挨着耳朵的那窝兔子。父亲抚了一下我的头，庄重地看了我一眼，嘴唇微微嚅动了一下，却并没有开口。但我已明白了他要说的一切。一天天加长加宽的篱笆，一点点膨胀的兔圈，都是近两个月以来，父亲给那些兔子不断拓展的训练场。现在，受伤的母兔痊愈了，幼兔长大了。无论父亲怎样想办法，做多宽的篱笆，这里也盛装不下原本属于它们的海阔天空。是时候离开了，它们要回归它们的山林、田畴和坡谷，去自由如风地奔跑了。

一窝兔子七只，说不上有多沉，其实父亲一个人完全可以胜任，但他蹲下身，埋头梳头发般一一抚摸过那些兔子光滑的皮毛之后，把那只显眼的母兔单独挑了出来，轻轻放进我的那只小背篓。空气清新，花香密集，我走在父亲身后，而我的身后，一点点挣脱地平线的霞光温暖地抚摸着我。那只兔子似乎也感知到了什么，在我背篓里不安分地上蹿下跳，我的心也跟着上蹿下跳。

在青松岭那面嶙峋的山崖下，我和父亲站在一起，同时放倒了身边装着兔子的那只背篓。我们都没有说话。我在心里喊：跑吧，兔子！跑啊，兔子！它们仿佛听见了一样，在我们脚下东闻西嗅稍做逗留，突然一转身，跃动、扬爪，把灵活的身子离地高高地抛出去，猛兽般奔跑了起来。在它们如音符跳跃的快乐身姿里，在被它们抻开得越来越长、越宽广的视线里，我听见由远及近、棒槌擂在响鼓上的铿锵旋律，我看见天边喷薄而出的那轮滚烫的红日，以及万物生长、扑面而来的整个春天！

# 藏　冬

霜降过后，刮过几回不大不小的风，很快便立冬了。

在川北，这个本该草木凋零，一派清冷萧瑟的季节，反倒如春般热闹喧嚣起来。勤劳的农人们并未像怕冻的青蛙，蛰伏于暗无天日的洞穴里打盹，在结束了田土里穿梭忙碌的秋收后，他们又满心欢喜，投入到另一件烦琐却又充满希望的劳作——冬藏。

天边的鱼肚白还若隐若现，似一缕影子，浮在一汪水中，父亲早已披衣下床。"看，太阳要出来了咧!"母亲推开门，声音明晃晃的，有如当天太阳射出来的第一缕光线，瞬间照亮了父亲昏暗的脸。

越冬的瓜果，智慧的川北农人们早已为它们找好了温暖的居所——苕窖。这种依据当地丘陵地貌，在房前屋后小山崖底部用锤子、錾子等，水平纵深凿就的三四米见方的坑洞，冬暖夏凉，俨然是菜蔬瓜果上好的避风港。然而，瓜果搬进苕窖并不是随意的过程，农人们总是牢牢因循着农历节气，择定一个大晴的日子，郑重地开始这件他们眼中重大的农事活动。

父亲囫囵扒了饭，翻找出工具，脚下生风，一趟子赶到闲置几月的苕窖前，捞脚扎手，说干就干——把垮塌的地方严实垒砌起来，将废弃的乱石用畚箕装着，远远倒出去，用锤子、錾子将苕窖底部凹凸的地方，一记一记细细凿平。那当儿，父亲把身子弯成一张弓，眼睛抵近窖口、窖壁、窖室，身子贴上去，仿佛在与窖，与石壁，与飞舞的泥尘，进行一场深情的亲吻。

每每这个时候，父亲总忘不了把我叫上，派给我"歼灭老鼠"的任务。当父亲将手锤敲打得叮当作响，里外忙活起来时，我也满身热血沸腾，或趴或蹲，郑重其事地投入到"光荣"的行动中。屏着呼吸，用眼睛搜寻长在窖底窖壁的小洞坑，像埋伏在战壕里的战士，绝不放过任何一个突然闯进视线的鬼子。然而，鬼子似乎都太狡猾，它们压根儿就不现形，也许它们嗅到了我们的风吹草动，早已逃之夭夭。只一次，一个鬼头鬼脑的家伙突然探出头，似乎还冲我挑衅地扮了一个鬼脸，我先是一愣怔，身体不由自主抖了一下，待我回过神来，用手中攥出汗的石头慌里慌张砸过去时，那家伙灵活地把头一埋，身子一缩，抹了油一般，滑进黑漆漆的洞，转瞬无影无踪。

男人们在修整苕窖时，女人们也没有工夫闲着。她们把沾着泥的红苕，或白萝卜、卷心菜、柑橘等瓜果一堆堆摊开，麻利地翻拣择取。缺胳膊少腿的，体无完肤的，早生暗疾的，噼噼啪啪，通通扔一边，留作近些日子人畜食用，或弃之，沤烂为泥，肥沃庄稼。待遇特殊的，自然是那些体格健壮、色泽鲜亮的瓜果。像拿着一件件易碎的宝贝，女人们轻手轻脚，小心翼翼，状如金字塔般，将它们层层垒叠起来，期待将它们完好如初地送进苫窖，睡上一个穿越整个冬季的大觉。

一辈子将勤劳活成了习惯的祖母，一旦放空，仿佛就浑身不自在。她端个小木凳，蹒跚着脚，颤颤巍巍凑过来，把苍老干瘪的身子，小心地安插在那些饱满的瓜果间。我相信，祖母那苍老的手一次次触碰到新鲜的瓜果，一次次捏着，摩挲着，将其一枚枚拿起、放下时，她的身体里一定发生了什么神奇的反应。因为我看见，随着她身旁瓜果山不断膨胀，祖母晦涩干枯的眼睛开始发光，发亮——水稻拔节，小麦抽穗，玉米扬花，白头到老的姻缘，孝贤的儿孙，友爱的睦邻，团团圆圆，风调雨顺，世间那些充满希望，关联着美好的物、事、人，此刻，仿佛统统跑进了祖母的眼里、耳里、心上。她的脸色悄悄红润起来。

当瓜果分门别类，码放齐整，日头已悄然撤退出屋，慢慢爬向西边那段孤独的老墙。昏昏欲睡的午后，没人会没皮没脸地去挨一下床板，谁都知道，大干一场的时候到了。有经验的男人便去提桶打水，取出入冬前赴集上买好的农药，绣花一般，小心翼翼，按比例，一点点，调匀，搅拌，水药一体。接着，就是入窖前最关键的一环——上药。只见一只冒筋长茧的糙手持着木瓢，另一只手扎猛子似的一下没入盛满药水的木瓢中，不待波纹完全舒展，那手旋即又翻跃出水，腾起阵阵细浪。而后，五指张开，顺着势，轻轻一带，附着于指体的药水便飘飘洒洒，栖落于瓜果身上。如此，循环往复。

在一个孩童的眼里，父亲那只在冬日里穿梭起伏的手，仿佛就是一位水性极好的浪里白条，只不过他将向世人展示身手的舞台，由波澜壮阔的大江大河，搬到了手可盈握的一瓢一钵里。

这活儿讲究的是把细，毛手毛脚的人吃不了热豆腐，同样也干不动这个。这是父亲的原话。药水用少了，对虫病无可奈何；多了，又适得其反，瓜果会中了毒一般，迅速变色，像人长出一个个黑红、暗紫的冻疮，直至发霉发臭，腐烂，流汁淌水。年事已高的祖母不知是迷糊了，还是故意逗弄我，"看，你爹在给瓜果穿嫁衣呢"！她牵着我的手，眼睛直直地望着那些在父亲指间腾起的水汽，仿佛那缥缈的薄雾里，缠绕着一个未解的谜团。

当女人把上好药水的瓜果挨个垒进箩筐，瓜果的乔迁就该正式开始了。我相信祖母的话，那一枚枚或金黄或透绿或嫩白，被农人们爱不释手的瓜果，就要风风光光，浩浩荡荡，"嫁入"她们的"新房"了。

男人们挑起沉甸甸的担子，大步流星，颤颤悠悠，爬坡上坎，把身后的房屋树木拉远，变矮，缩小。孩子们跟上来，蹦跶，嬉戏，追逐，像缀在男人身后的尾巴，一个标点，抑或一枚枚鬼灵精怪的注脚。一趟又一趟，苕窖的木门开了合，合了又开，窖里的瓜果山越积越高。男人们的鼻息沉重起来，额上的汗珠细密起来，开始往下雨打芭蕉地淌，步伐也迟缓了，眼神也倦怠了。可那一屋的瓜果们，似乎还眼巴巴望着，就像他们的儿女，任谁也舍不下，让它们白白再受一晚的风寒。于是，男人们干脆立住脚，扯根帕子草草一揩，一甩手，解开扣子，白生生赤了膊，也不小憩了，蹲下身，扯开喉咙，大喊一嗓，担子滚上肩，腰一挺，头一昂，甩开膀子，咯吱咯吱，复又上路。

当最后一担柑橘，像喷薄的红日轰然落窖，这个时候的父亲，舒展了眉头，悬着的一颗石头落了地。他笑眯眯点上一根烟，对着窖里新堆出的小山，像检阅凯旋的战队，又骄傲，又宠溺。用目光，从头到脚，从左至右，反复丈量，反复观赏，反复审视。等烟快烫到嘴了，忽然醒了一般，噗的一声将其啐在地上，用脚后跟碾烂，才心满意足，慢悠悠，躬身退出来。

封好门，吧嗒，上锁。往后几月，一直到开春，甚而至于更为久远的孟夏，苕窖就交给女人了。女人依靠男人，她们同样也依靠着那一口口装满瓜果的苕窖，仿佛有了苕窖，一家人的生计就有了着落。此刻，那把开启苕窖的古铜色钥匙就紧攥在母亲手里，冰凉的金属质地尖锐地硌着她的手心。但她不觉得疼。她弯下腰，伸手为父亲拂拭额上一道来路不明的灰迹时，突然仰起脸，扬起嘴角，毫无预兆地笑了。母亲的笑声孟浪，响亮，甚至有些放肆，让人想到那种总站在春天的枝头上放歌的鸟儿。那种鸟儿，模样普通，嗓门却大，它们一唱，春天就来了。

母亲的笑声还在回荡。父亲挑起空筐，晃晃荡荡，跟上她的脚步。那口近在咫尺、刚盛满瓜果的窖，似乎也跟着晃了几晃。空气骤然和暖起来，风没有了影踪。冬，仿佛被谁掩了嘴，严严实实藏起来了。

# 雨水响亮

　　楼梯上的脚步忽远忽近，恍惚几只低飞在草叶间的萤火虫，闪烁明灭，在流岚初起的暮色里，游弋出一条迷离的金色光晕。我的肉身蜷曲成弓，愈来愈轻，在一片空寂里悬浮、爬升。无法确定，我是醒着，还是梦境。这样的似是而非，那些天，总是愈来愈密集地光顾我的身体。睡之前，我下楼喝了一碗药。油灯如豆，屋子静得像泡在昏黄的水底。母亲立于灶台旁，看不清她搁在腰间的手上捏着什么东西。动荡的风将她膨胀的影子挂上墙皮，甩来甩去。她没有搭理我，仿佛我是这屋子里一件不会说话的物品。她仰着脖，目光刺透我的躯体，向门外无边的暗夜伸展而去。

　　明天我带秀才进趟城！

　　母亲说这话时，天还亮着。血红的残阳把院坝割裂成半阴半阳两个迥异的扇面。那三只身披霞光的鹅，嘎嘎嘎叫着抢完了抛撒在它们脚边的谷物，扑闪着翅膀，想翻越横亘在它们面前那截板着脸的门槛。父亲放下碗，大喝一声，拔腿去门口堵。但他只跨了一步，突然绞住脚，把脸慢慢搬转来，对着母亲。母亲没有看他。她伸筷子夹了一颗黑乎乎的大头菜，咔嚓一声咬在嘴里，像吃进一坨生铁。我们去县医院看看！她又说了一声。

这个建议母亲并不是头一次提起。去年冬天，水田开始结冰的一个早上，父亲带我去二十里地外的胡桃镇，见那个长着红鼻头的长胡子老中医时，母亲便开始念叨。但她念得很轻，怕谁听见似的。事实上，父亲每一次都听见了，但他总一脸不耐烦，斥母亲大老远去扛牛刀杀鸡，要不就是气呼呼地扭身往旁里走。其间发生了一件事。祖父突然病倒了。几家乡镇医院辗转下来，毫无起色。那天，奄奄一息的祖父拉着父亲，叫他赶快请上几个人，回去收拾打整后山那块地。我们都知道，那是一位游走四方的高人多年前指给祖父的百年归山之地。祖父咿咿呀呀着，浑浊的液体涨潮一般，不觉间已覆盖了他深坑似的眼窝，眼看要跌出来了，父亲才一跺脚松口说去县城。没出半月，祖父竟健步如飞从县城回来了。像打了一场胜仗，从此他逮住机会便讲县医院的经历，尤其母亲托人将手术提前两天这个细节，跟随他的唾沫一遍遍在听者面前横飞，仿佛是母亲跑到阎王爷那里，硬生生帮他抢回了一条命。

每次祖父口若悬河时，父亲总像母亲抢了他功似的，缩着身子躲到角落里抽烟，边抽边用一双鹰隼似的眼睛追着低头做事的母亲。那段时间，父母的争吵像头上的星星一样密了起来。母亲又变得灰塌塌的了，从城里穿回来的那件紫色外衣被她压进了箱底。有一天，他们吵着吵着，父亲不知说了句什么，母亲愣了一下，扬手甩了他一个响亮的耳光，随后他们就像两只蚂蚁似的扭在了一起。我跑到山湾的烟叶地把祖父找回来时，厢房的门已经紧紧闭上了，没有一点动静。第二天太阳上了三竿，才见母亲推门出来。令人费解的是，那束不知跟了她多少年的齐腰长发竟然不见了。她的后脖颈似乎突然多长出一截皮肤，随着她脑袋的摆动，那里闪着触目惊心的白光。我的偏头痛依然反反复复，母亲某些记忆仿佛也随她的长发一起下落不明。那一阵，任父亲带着我四处找偏方换诊所，她只皱着眉给我煎药，把一张张处方签捋平顺，像勋章似的累进抽屉最上面那一格，再没有说起过县医院。直到今天傍晚，我背着住校的衣物，低着头出现在他们晚餐桌前，告诉她们，先生让先治好病再回学堂，教室不是睡觉的地方。

当然后半句被我咽进了肚里。父亲却听见了一般，气鼓鼓地憋着一个气球似的不说话。母亲嘴里突出冒出的这句话，显然是一颗戳破他气球的图钉。他一屁股墩回来，小板凳跟着一起扑腾，他的右手还僵抽在要去赶鹅的高度，只是他的手指像被什么烫了，枯叶般蜷起来，慢慢坠落在耳廓旁。他张了张嘴，但他的嘴似乎被一张抹布塞着，什么也没说出来。他重重地锉了我一眼，眉头阶梯似的蹙起来，而后，站起身，踩着鞭炮似的，啪嗒啪嗒绕到猪圈后面去了。

那两只鹅成功地翻了进来。它们高昂着缀着红色肉瘤的头朝我们的矮木桌扑来时,母亲利索地把残余的饭粒狠狠扬在了它们苍白的翅膀上。它们欢叫着,手忙脚乱投入新一轮争抢时,母亲愤愤地咒骂了一句,跳着脚朝父亲撵去。紧接着他们就吵起来了。他们的争吵高高低低漫过来,像被猪啃过一样,一句也听不清。

多年后的一天,在众多的过往里,说不清为什么,我一下拎出了父母吵架之后的那个夜晚。母亲却一脸茫然。当我点及第二天我们坐在那辆快要散架的班车里,她那件过长的紫色上衣,被灌进破窗的野风反复撩起下摆时,母亲眼里终于跑过一抹亮,说想起来了。她说,由于头痛反复发作,那一两年我总爱胡思乱想。那晚停了电,也没人去管,反正那时农村的电像孩子的哭闹,没个准。我和父亲很早就上了床,她点着油灯收拾了锅灶,给牛扯了一捆谷草后,也睡了。也许白天干活太累,他们睡得都很沉,一觉到天亮。以至于夜晚下了雨也没人起来接漏,第二天堂屋中央汪着一大摊水,脚都下不去。

母亲沉浸在自己的讲述里,脸上的褶皱时散时聚,像一条时间的河流,起落沉浮。而我脑子里那条小巷却水洗过一般清新。那晚我迷迷糊糊穿过院坝,刚站到那条狭窄的小巷前,那卷仿佛一直在身后推着我前行的灯光,便随着咯吱一声脆响,被活生生夹断在门里。眼前顿时漆黑一团,耳边响起越来越急促的呼吸,双福叔恍惚就蹲在小巷某个角落里。缩回头,家门已经淹没在黑暗之中，仿佛从没有被谁打开过。我打了个冷战，眼前的黑夜如此不真实，我甚至有些怀疑，刚刚上楼摇醒我，告诉我电来了的女人不是母亲，而是另一个和她长着同一张脸的人。脑中有条红灿灿的声音在蜿蜒蛇行，偏头痛看似又要来临。我一咬牙，闭上眼，张开双臂，让手指画笔般拖曳在相向而立两面墙体上，飞行。

巷，到头了。

银娘家的院坝恍惚下了一场雪。那掌正在燃烧的大功率灯泡，用它那晃得人睁不开眼睛的光芒，将银娘家簇新的楼房拉扯得高大无比。假如撇着一双罗圈腿的双福叔没有开着他那辆皮卡掉下崖，假如他还活着，他们这栋脱离老院子修起来的、全村唯一的三层砖楼一定还会春笋一样长高。这样想时，我心里竟然透着隐隐的不服气。那台大彩电像往常一样被搬出来，大摇大摆放在正对银娘堂屋的院坝里。不过今天此举显然有些多余。院坝里空荡荡的，并没有出现众人围观的场景，大概停电后人们都睡了。除了距离电视五步开外的那张红漆木桌前，坐着两个喝酒吃菜止不住话头的男人，电视面前就只有银娘一人。她可能吃好了，也不一定，或许只是电视里那个白面书生把她吸过来了。她歪着屁股倚在一条靠背椅上，鹅一样抻长脖子，像在跟电视屏幕亲吻。

荒野。天光微明。白面书生遇上一美娇娘，两人呜里哇啦说着什么，粉的红的火苗在二人眼前跳荡。书生伸出一只手，欲替美娇娘拎包袱，对方假意推让，欲拒还迎，不知怎么的，几番回合，那包袱爬到了书生肩上，美娇娘一颔首，捂了樱桃嘴，低着眉，作娇羞状，碎步跟上。

是《聊斋志异》中的一集，好像叫《画皮》。傍晚回家的路上，走在前面的那两个大屁股女人一直在叽叽喳喳地聊那只要命的鬼。母亲告诉我电来了时，我脑中就电光火石闪现出一副副妖魔鬼怪的嘴脸。在看电视这件事上，母亲一向对我有些放任，只要功课完成了，怎么都行。不过像今晚这样把我从床上叫起来，还是头一回。没有人发现我的到来，银娘种在厨房侧边这几棵茂盛的脐橙刚好阻挡着我的身体。橙花香得腻人，似乎伸手一抓，就能捏住一把香粉。

我停住脚，突然打定主意就站在那里，视野宽阔，还有几分偷窥的刺激。这时我看到了一个人。那个和培祥么公对坐着，高高举着杯，像是在寻找最佳角度，要把手中那个可怜的杯子扔出去的男人，竟然是父亲。不真实感又强烈地缠住了我。天还没黑定，我亲眼看见吵完架的父亲虎着脸爬上了床。现在，我的耳朵恍惚还能穿透黑夜，捕捉到他在榫卯结构柏木床上的一声声呼吸。

银娘请培祥么公帮忙砌墙的事，上周听父亲说过。当时母亲脸上唰地腾起一团血色，好像被谁火辣辣地扇了一巴掌。她立马斩钉截铁地断定银娘不会嫁了，要嫁的人是不可能大费周章砌墙修屋的。

人家也可以招男人上门嘛！父亲的声音明显夹着不满。母亲怪模怪样盯着父亲。三娘活得上好，成天金鱼似的鼓着眼看着，哪个背时的敢去上她儿的床？父亲拧起眉，朝脚下怒气冲冲啐了一口，再不搭腔，只顾磨刀。黄色的铁锈一圈圈褪下来，在磨刀石表面扩散出弧形的花纹，他壮硕的身板随着菜刀的往返，一起一伏，仿佛在跟谁叩头谢罪。

这村里头想跟她上门的人还不少咧！母亲像是在自言自语。她斜倾着药罐，黧黑的汤液在碗沿砸起第一团污斑时，我看见她用眼睛在父亲扁平的后脑勺上飞快地咬了一口。这一口父亲看不见。奇怪的是自那天起，他就同我母亲一样，再不去银娘家看彩电了。那晚我从银娘那回来，他还像一堆影子般黑漆漆地缠在屋后那棵梨树上，满头大汗举着那根铝丝弯成的圆形天线，东挪，西搬。那台十七英寸黑白，顽固地闪了半天雪花后，终于扭扭捏捏拼凑出了一个胖乎乎的人形。银娘对这一切全然不知，第二天傍晚背着猪草从我家门前经过时，照旧蹲下来，一欠身，把累着尖的背篼放下地，准备歇一歇。父亲当时正坐在门边刮磨一片薄如蝉翼的青篾，他举起的目光与银娘刚敞开的那截热气腾腾的脖颈相遇时，突然哎哟叫了一声，估计是手被篾刀划着了。他吊着手，抬腿要往屋里钻时，银娘用甜蜜蜜的声音摁住了他：大哥也来帮我搭把手嘛，培祥么公一个人要砌到什么时候哟！父亲一只脚在里，一只在外，像拖着一条软软塌塌的尾巴。

谷，谷雨要到了，田我还没开，开犁呢！父亲嘴里突然像含了一个烧萝卜。他抬头看天，仿佛天上悬着那块他要犁的田。黑狗摇着尾巴往外撒欢，我看见院前竹林下，母亲踩着缩在她脚下的影子，晃着两只水桶，双腿桨似的，踢踢踏踏，划过来了。

天空突然亮闪闪一颤，似乎被谁伸手在腰上狠狠掐了一爪。

谷雨，谷雨，这雨今晚真要下哟！银环——培祥么公调整了一下坐姿，歪起头，像要把这声粗腔大嗓的喊，鞭子一样甩到银娘怀里。银娘听见了，却有些心不甘情不愿从电视里拔出脖子，向右侧过身，手臂支在椅背上晃荡，翘起的几根指头在空中懒懒地画圈圈。这谁说得准？你没听过光打雷不下雨吗？她朝红漆桌子这边轻蔑地睃一眼，仿佛桌子上两个男人就是两滴始终落不下来的雨似的，"没准又是雷声大雨点小，哼！"培祥么公突然像被银娘那句话抽了筋似的，缩起脖子，不接话了。他哧地划亮一根火柴，点烟。红红的火光映着父亲的脸，映着他突然擎起的那杯酒。那杯快要滚出杯沿的酒，摇摇晃晃，分明是一杯液态的火。父亲一仰脖，把那些火吞进嘴里。

是谁在击鼓？一声急似一声，声声紧逼，让人心里发毛。恍惚进入了一片墓地，阴影蔓延过来。一只眼在门外在战栗，一支笔在门里游移。镜头在转动，在推近，推近。青面獠牙，神色狰狞——她，他是一个恶鬼！

啊呜——

一声猫叫，像是从墙头直直地坠落下来，又像从喉管最深处挤压出去，尖厉，悠扬，如匕首，如箭镞。我看见银娘猛地回过头，像从水里钻出来般大张着嘴，手按着动荡的胸，身子被谁从后面使劲推着似的，往红漆桌子这边直趄。父亲不明所以，他猛地站起来，拿筷子那只手嗖地支了出去，好像要隔空接住银娘的那只即将脱离靠背椅的屁股。但他的手落了空，那只屁股醒了似的，突然刹住了车。银娘也跟着醒了，扳正腰肢，对红漆桌子这边露出明晃晃的牙齿，明晃晃一笑。父亲却像突然吃进一根虫子似的，攒劲清了清嗓子：银环，银环，培祥么公没酒了咧！

话音未落，银娘猫一般跳到了红漆桌子前，她把散到额前的两绺发丝麻利地勾到耳后，搓着手，笑眯眯地打量碗盘和桌上两位男人。一瞬间，我恍惚觉得，电视里穿着画皮的女人钻进了银娘的身体。你看她小碎步，小眼神，还有她那扭来扭去的小蛮腰。要是她能长条小尾巴，不知现在摇得有多欢腾。银娘往厨房这边摇过来了，我下意识地往脐橙树枝里缩了缩。树上的刺扎了一下我的额头，但一点觉不出疼。我只是隐隐担心，银娘出来时，会不会蜕去那张画好的人皮，变成恶鬼的样子呢？

世上哪有什么神医！都是扯淡。父亲这话没头没脑的。

你喝多了？培祥么公把我父亲手里的酒杯摁住。搭在一处的两只手，在桌子上方恍惚架起了一座拱桥。哪个多了，你在哪见过我皮老大多过？父亲一抽手，那架桥瞬间坍塌了。

那个，明医生你知道不？啊？明医生。他手臂突然像根杆子样扫向桌子一侧，几只受了惊的青瓷碗一阵乱晃，那个锥形的杯子像上了发条一般旋转起来，往对角扑棱棱地闪过去。我也不知道这时我怎么就走出去了。但我没有伸一伸手，我眼巴巴看着那只杯子俯冲下来，像一朵浪花，碎在我脚尖周围。

银娘出来了。她身上有一股香，是一种植物香，沾染了田畴、麦垛和炊烟的气味。没有橙花浓，却透着一股劲，像无数看不见的藤，伸过来，勒住你的喉，缚住你的腰，让你难以呼吸。我往后退了一步，假装去瞄电视机。那只鬼踯躅在王生房门外，望着高悬的法器，牙咬得格格响。

哎哟大秀才，快来坐快来坐！全村都叫我秀才，包括我的父母，唯独她在前面加个大字。她还是银娘。只是，她换了副声音。她嗓子像被一只手捏着，发情的猫一样，又细又尖了。我几乎是被她猫一样的声音缠上桌的。她一直给我剥花生，口里藏着个蜜罐似的一个劲夸我，弄得我心烦意乱。

桌上两个男人不知为什么，我一上来他们便没了言语。尤其我父亲，也不去管那只碎了的杯子，他割了我一眼，摸出烟盒，却捏在手里，牙疼似的咧起嘴，露出在家吃晚饭时听了母亲那句话的表情。培祥么公突然起身告辞，他担心家里么婆耳朵不好，怕哪个贼惦记他棚里那条下个月就要产崽的母牛。父亲一把攥住了他。可能是酒精的作用，我看见他眼神里迸跳着一粒粒火星。

么爸你说句公道话，县里那个明，明医生就是神医吗？他包治百病吗？啊？你也帮我评评，银——环！父亲的声音又闷又粗，就像胸口被一块石头压住了。我看见银娘突然涨红了脸，眼看血就要渗透出脸皮似的，让人恍惚觉得她就是那个惦记培祥幺公母牛的贼。她嘴唇哆嗦一阵，突然闭上了。她歪着头去瞅电视，肩膀倾斜下去，就像有什么东西塌下来，压着了她似的。

闪电急了！我大脑里骤然响起一串轰隆隆的雷声，像跑过一趟色调斑驳的火车，载我驶向一片青幽的田野。麦浪包围着我们，紫云英开得重重叠叠。一场让我摸不着头脑的战争，在母亲和银娘这两个同一个院里长大的女人之间发生，从中午到黄昏，她们似乎铁了心，要在这麦垄里站成两株面对面拔节生长的植物。突然，银娘嘴里蹦出一个人的名字，她重复了几遍，都是轻飘飘的，却掺着猫叫春般的古怪气息，母亲无力地嘟囔了几句，像被那气息点了穴，突然撒开手，抛开响尾蛇般扬掉手中那根锄把，像一捆稻草垛似的，一屁股歪倒在那汪节节败退的夕阳里。

那天有风，麦浪一直在我们周围换着花样翻涌。我暗暗发力，用舌头舔掉了那颗松动已久的乳牙，张着嘴，把那个牙洞奇迹一般展示给人们看。可谁也不理我，就连一直蹲在旁边抽烟的父亲，也不愿向它瞧上一眼。最后我决定把那颗牙埋掉。母亲被人搀起后，父亲也掉了魂似的独自勾着头走了。我跑到他蹲了一下午的那个沙包前，把他扔在上面堆积如山的烟屁股推到一边，再用树枝刨了个坑，把那颗变得煞白的牙像种子一样放了进去。

那晚，母亲一直没有回家，父亲倒了酒，一个人闷头喝。那是记忆里母亲不在我身边的第一个夜晚，我不知道她去了哪里，我甚至担心再也见不到她了。忧伤像丝线一样捆扎着我。我做了一个奇怪的梦。阳光辉煌灿烂,金子般熨帖着大地,空气中荡漾着一种无法言说的气息,一匹长着两个脑袋的高大白马驮着一个面目模糊的男人,走进我们这个沉睡的村落,叩开我家紧闭的大门,嘴巴伏在父亲和我耳边,悄悄向我们打听一个人,我们低头去看他手里摊开的照片,他却一把推开我们,径直朝我们身后的厢房走去……

秀才,明天我们去趟新……新庙场,传说那个医生……父亲突然从背后搂住了我,仿佛搂住最后一根救命稻草。有些东西突然在心里升腾,说不清那是什么。我想大声向他嚷嚷,我不去学堂了,我想像二军他们那样到外面去自由自在地闯荡,再不然,跟姑父学剃头也不赖。可他搂得我生痛,热烘烘的酒气痒酥酥地喷进我脖颈里。我一个字也说不出来。

银娘又偎到了电视机前,培祥幺公却不见了。雨真的来了。由远及近,仿佛万千匹脱缰了的野马,扬着蹄,转眼踏碎了这方院子的宁静。寒光一闪,道士手起剑落。顷刻间,人皮落地,老妇轰然倒下,现出一只恶鬼的原形,猪一样匍匐在地,嗥嗥叫不停。

橐橐的脚步声恍惚从天上掉下来的,挟风裹雨,呼啸而至。我还没有来得及回头,那道飘忽的影子已经蔓延过我们父子,将银娘一片叶子般冲开,搂个娃似的抱起了被雨水包围的电视机。

转眼咚咚咚转进了银娘的堂屋。

那只匍匐在地的猪，还扯着喉咙，在我脑子里嗥叫。我僵在那里。父亲打了个重重的酒嗝，目光被那道影子拖拽着走。银娘眼神空洞，像一块被冻住了的冰。但当母亲甩着手，从亮着的堂屋跨出门槛时，银娘嘴一咧，噗地一口笑了起来，咯咯咯，咯咯咯，像跑出来一群刚下了蛋的母鸡。

母亲歪着头对她说了些什么，随后一跳一跳地跑了过来，仿佛她体内藏着一只灵活的野兔。她变戏法般，嘭地撑开一把伞，递到我手上，然后扯起父亲，一头扎进了雨里。银娘叮叮当当跑进屋，又叮叮当当追了出来。但她似乎忘了她追出来要做什么，她把手里那把伞剑一样举起来，半晌，才冲着我的父母喊，哎，等雨停了再走嘛！母亲没有回头。她张开手臂，像个男人似的大大咧咧地去揽父亲的腰，父亲倒像个受了气还在耍着性子的小媳妇似的，挣扎着往旁边让。也许他真喝多了些，他的身子并没有听从他的使唤，不出两步，他便东倒西歪朝母亲的肩头靠了过来。他们的背影，看起来像被谁捏着，用针线缝合在了一起。

明天要早起带秀才进城看病呢！

母亲的声音不大，却有着滩口那泓溪水的清亮和从容。我回头去看，银娘那把没来得及撑开的伞，顺着她玲珑的身子，垂挂下来，像根拐杖，虚弱地拄在地上。高功率电灯泡耀眼的光自上而下，笼着她的脸。可她的脸，好像突然之间老了。那时，我们都困在自己的风雨里，并不知道，立夏的前夜，银娘会水蒸气一般毫无预兆从我们村里消失，而我的头，三天之后，会像潘多拉盒子一样，被一把锋利的刀打开。丧失意识的前一秒，在那张洁白的床上，儿时那个奇怪的梦里那种无法言说的气息又闯进了我鼻腔，左冲右突，势不可当。

转过身来，父母的背影已经看不见，仿佛这黑夜里他们从未出现。莫名的惆怅涌出来，瞬间打湿我的衣裳。雨水响亮，似乎攒着劲，要带走这世间的一切，包括那些隐秘在夜海里的悲欢，和沉淀在水下的那些细碎的感伤。可我愿意相信，在这愈来愈浓的夜色里，总有一些东西在暗然滋长。即使小若一滴雨水，终究会洇下它曾来过的蛛丝马迹，在它途经的每一条路上，在天空、屋檐、河流、山岗，或某个无人知晓的所在。

# 我们的栅栏

那天，没有任何人的交代，包括总在身边绕来绕去的母亲。我一溜烟跑到院坝里，站在那丛青翠欲滴的芭蕉前，扯开喉咙，朝对面山上喊父亲，喊他回来吃午饭了。

我的喊声从胸腔一路奔突，惊飞了一串鸟雀，它们一瞬间从层层包围着院坝的那些浓密的竹林钻出来，扑棱棱越过我的头，泥点子一般溅向高远且蓝得不像话的天幕。就在那当儿，我不自觉地向后仰起了头，阳光雨一样，直泻而下，浇在我的身上，一阵莫名的眩晕感接踵而来。突然意识到阳光久违了，就像一位久未谋面的故人。算起来，该是这个长长的雨季之前，或许更久，但我真的不确定，因为我的记忆常常说谎，它总是悄悄把一些事放大，悄悄把一些情绪缩小、掩藏，甚至剔除得干干净净，就像我记不清从哪天开始，我没有这样站在青天白日里，放声唤一个人，一个本该天天唤的人。

但这做起来似乎并不容易。从我能记事起，我便莫名其妙地远离着山湾的家，寄居于十里之外，满脸褶子的外公外婆仿佛才是我的父母，他们用衰老的身体给我另一个叫家的地方。不知是这样经历赠给了我孤独，还是与生俱来的天性使然，对于周围的人和物，我总保持着近乎冷淡的客气，热情似乎一直逃避着我。即便母亲忙空了来看我，把我揽在怀里，我能闻到她衣服上沾着的汗味，麦地里麦穗的干燥、尖锐和阳光的明艳。但我仍能清晰地看到我与她之间隔着那道厚厚的栅栏。这道栅栏，遇上见面更少的父亲，似乎就更高更牢了。

父亲很少来，大部分时间，他以他那古铜色的肌肤、魁梧得有些夸张的身形活在我的记忆里。我从未见他对我笑过，在我幼稚的眼里，他接近于一截木头。让他生龙活虎有血有肉起来的，仿佛只有那些力气活，那些硕大的石头，那些力拔千斤的钢钎、扁担或犁铧。他总爱赤着膊，在乡村的风里，以石匠的名义招摇和展示着他那浑身由血管包裹的腱子肉，但他背上腰上腿上此起彼伏的鼓胀而尖锐的力量，只会让我疼痛和压抑，一想到他，我就感觉他站在我对面，我们全副武装严阵以待，那道隐形的栅栏，在呼呼生长。

秋收过后，当他全身水浇过一般挑着米面进入外婆院子，外婆在灶房打了水让我赶快端给他，让他擦拭汗馊了的身体时，我借故作业多根本就没抬下头，也没挪动半步，我死死坐在外婆端给我权当书桌的宽板凳后面，明目张胆地躲着他。与其说是躲着，倒不如说我是在向他胆战心惊地宣战，我用我的冷漠，对抗他因长途跋涉潮红得几近冒烟的脸，我竟然渴望背后平地一声雷般响起他高声的呵斥，或是他轻轻走过来，蹲在我旁边，甚至挤进我的小板凳，像电视里那些父亲一样抚摸我的头，问问我学得怎么样考得怎么样，想不想十里之外的家。

然而，都没有，一片沉默，他终究是一块木头，我在心里轻蔑地瞟了他一眼。他立着，立于我和外婆之间，随后，他开始在外婆的问话里，有一搭没一搭地汇报着这一季的收成，他的小麦、苞米和红苕，还有他又打了多少石头，为几家人立了房，说到高兴或是得意的地方，甚至嘿嘿地局促而含糊不清地笑几声，我对于他嘴里这一切都提不起兴趣，做完作业后我就在他眼里故意大摇大摆地走到院坝里玩，我要离开他的视线，把自己装扮得就像他不经意撒落地下的一粒苞米，而不是一个他寄宿在外的家人。

如我所料，他从未挽留过我，就像我从不会挽留他一样，我知道，他每一次来，仅仅是像到粮站交公粮一样，按时按量完成定额任务，那一箩筐米面，就是那之后几个月他留在丈母娘家属于他儿子的口粮，而之后几月的养育之苦他便理所当然交了出去。之后，他便逃也似的挑着空箩筐远去了，从竹林里望出去，他一摇一晃的箩筐，如释重负般轻松，他的脚步，像要飞起来似的轻盈。

他轻盈得有些飘飘然的脚步还爱闯进我的梦乡，在他来了又离开的那些夜晚，外公如山的呼噜伴我沉沉入睡，我却看他挑着空担迎着我走来，窄窄一条小路，他与我擦肩而过，竟然不认识我一般，头也不回地走了。我站在原地，哭出了声，我冲他背影喊，我要回家，为什么把我丢在这儿，我不是一颗豆子。直到外公把我摇醒，问我梦到吃豆子了哇，明天给我煮。这样的梦做了一遍又一遍，直到我十二岁上初中，外公身体每况愈下，无力再抚育我，我回去的梦才得以实现。

　　然而回来之后，我才发现，几年之间，父亲已从我对面走到了荒原。我和刚出生的小鸡说话，我牵着一条牛奔跑，我可以和母亲和弟弟玩笑，一抬头看见他，我却不知如何开口说话。家里就两间屋，左三步右两步低头抬头总看见，时时感到来自他的无形压力，为了躲着他，我尽量减少在家的时间，做完作业我就到屋后去背书，屋后是处崖坡，我就在那儿蹲着，在草皮上花丛中坐着背，后来我想到了头悬梁锥刺股，竟然突发奇想攀到崖坡的树丫上去背，我告诫自己，如果打盹就要跌下树去，说不准还会滚下崖坡摔个狗啃泥，果然这是个好办法，到了树上，我头脑清醒，记忆力超常。有那么两回，隐约间，透过树叶的边缘，我看到一个人，是父亲。他从坡下面走过，好像停住了脚步，仰起头在看我。但我没有停下来，我把一本书翻得哗啦作响，我大声念着，如入无人之境。

　　然而时光那一刻却仿佛慢了下来，我没有看他的眼睛，但我却听到自己有些急促的呼吸声。我希望他呵斥我下来，说上面危险，或冲上面的我大声喊一句，读得好认真！可什么也没有，在我大声的念诵声中，他哑巴一样，悄悄离开了。丝丝缕缕的失落搅扰着我，吃晚饭时我甚至正眼都没瞧他，以至于他对母亲说在门槛上建一个阁楼时，我压根儿就当耳边风，我知道，展示他那一身肌肉和蛮力的时候又来了。

这是一个农闲季，他不知从哪儿借来斧子刨子等一大包工具，把立在后檐的几根风干的树一股脑儿扛出来，他就要大展拳脚一般干起来。我每天背着书包去读书，从那一根根圆木边跨过去，从那些风中扬起的木屑中跨过去，从胡子拉碴的他弓在木头上来回拉动锯子的身体面前跨过去，没有匠人，凭他单打独斗会有什么杰作呢？我等着看他的笑话。

我再一次失望了，一周后我回来竟看到了我家那时最值得显摆的建筑，小阁楼贴着前门房檐已有几分惹眼地招摇在那儿，白色的外墙，里头竟然洋盘地铺了水泥地板，小门一关，一间私密的房间，我从小阁楼出来，还未放书包，心里闪起一个让我心惊又激动的念头，酝酿在心头多年那个念头又涌出来，我看到了一场硝烟弥漫的战争。

明天等他出工去了，我就和弟弟把小桌子抬上去，我要先下手为强把那儿霸占为我的书房，他的粮食物什只能另觅高就。我躲在被窝里，这些星星点点炸着火花的心思，从我脑袋里冒出来时，浓稠的夜幕已闭合得严丝合缝。昏昏欲睡时，父母的声音由远及近，我没有动，装着睡着了。待他们从我蚊帐前走过，我才悄悄睁开眼。

我看见他扛着一样东西，母亲打着电筒，在前面引路。

"叫他把窗户开着，才糊好的，还有湿气！"他在小声叮咛母亲。

母亲电筒一晃一晃的，像她此刻跳跃不定的声音："知道，明早就给他说，他一定高兴坏了，再不用爬到那些树上去看书了，这上面又安静又安全！"

他低低应一声"嗯"！

我还是没有动，但随着他们轻轻走过的细碎脚步声，随着他那声"嗯"后铺展起来的沉默，我看见我们中间的什么东西在崩塌，在飞散，化成烟，在慢慢消散。夜色水一样分开，我分明听到一道阳光轰鸣着，径直投射进那方刚建搭好的阁楼。

那里一片锃亮，那里静寂高远。

# 大地上的月亮

　　那件多年不用的石头器皿，被我父母从柴房一隅扒出来，摇摇晃晃抬着，穿过我们这个典型的川北院坝时，坐在门前的祖父停住手中的篾活，他眯缝起眼，嘴越张越大，我父母手中那坨粗笨的石头，仿佛正被他缓缓吞咽下去。待那件石头器皿重重跌落在离祖父不远的石磨跟前，祖父这才惊醒了似的，清了清嗓子，高声大嗓地唤起了我父亲的名字。那声音惊颤颤的，闪着红光，转眼溢满小院宁静的清晨。

　　父亲挑着水奔进院子时，我就立在窗前。我看见父亲满面潮红的脸上挂着藏不住的笑意。昨晚他进屋告诉母亲，说源儿和二婶明天可能要回来过中秋，祖父让他们把那只石臼找出来，明天做一回糍粑。我当时就兴高采烈地跳了起来。要知道，这道做工烦琐的吃食，在我们当地，只在中秋一家人团聚之时，才能美滋美味地吃上一顿。

源儿今天要回来咧！祖父现在又说了一次，他的声音透着糍粑的那种甜蜜。只不过这次是对刚走进院子的小姑说的。小姑就住在隔壁院子，回娘家如同这间屋挪去那间屋。她平静地哦了一声，早知道似的。她撇下祖父，从磨槽里拾起一方帕子，朝正在冲洗石臼的三姑奔去。祖父喉结上下一阵滚动，似乎在使劲把卡住没能说出的话咽进肚里。尔后，他架起双拐，一瘸一拐，向灶房那片稠密的烟火晃去。

不知过了多久，当祖父拐杖铿锵地敲击着地皮，从灶房跨出来，紧跟着祖母的步伐，向那只恭候多时的石臼兴冲冲走来时，我恍惚觉得他刚才不是去灶房帮忙，而是去变了一次身，要不他怎么会与那个刚做完手术、终日垂头丧气的老头判若两人？那时，用笼屉蒸好的糯米，被祖母用搪瓷盆热气腾腾装着，像抱着一个孩子似的捧在怀中。

那些饱胀晶莹的米粒，被小姑一股脑儿从盆里挖出来，统统铺进石臼底部。现在，它们舒张了躯干，面目祥和，呼吸均匀，似乎打定主意要长卧于石臼这个安稳窝里，于众目睽睽下，美美睡上一觉。我天马行空的臆想，转瞬间，便被父亲不知何时备好的那捆芦苇秆戳穿了。父亲、三姑、小姑人手一根发散着清香的芦苇秆。芦苇叶早已剔净，秆头匠心独运打磨成箭镞的形状，头尖细，刃薄，看着锋利无比。

在祖父的注视下，他的三个儿女持着手中的"箭"，朝臼底白胖的糯米团齐刷刷射去。才一会儿，小姑白皙的脸上便晕出了几道醒目的红晕，父亲宽阔的额头上汗珠滚动。芦苇秆换了两拨，但他们并没有停下来的意思。不知谁说了一句什么，他们大声笑起来，无拘无束的笑声在芦苇秆间流淌、往返，在手与手之间穿梭、缱绻。有那么一刻，我觉得他们仿佛就是青葱少年。他们手握着心爱的玩具，正在进行一场其乐无穷的游戏。

随着他们手中"箭镞"的起起落落，那些粉身碎骨的糯米粒，牵起丝线，连成小团子，凸起来、凹进去，突然又扭转来，结成块状了，像流水冲刷的鹅卵石了，定睛看却又像摊开的巴掌，须臾，却又化成了一队你牵我、我缀着你的小矮人。

终于，那些糯香流溢的米粒抱紧成一大团，成功嬗变为软糯的糍粑。父亲弯下腰，朝那个大张的口子里，把紧贴着石臼的糍粑抠出来。但它们忽然间充满了力量似的，牢牢抓住石壁不放，即使好不容易放了，又缠裹在父亲手指上不下来。父亲并不急，他高举起它们，向着祖父，向着照进院子的阳光，仿佛一个顽童，完成了一件了不起的任务，要向苛严的父亲讨要一个额外的奖品。

祖父沉默着，又向着狭窄的院门凝重地望了一眼。敞开的院门口，依然空无一物，不见源儿他们的踪影。接下来，那张传了几辈的朱红圆桌上，青瓷碗一字排开。那些黏腻筋道的糍粑，由一双双手扯下去撕下去拽下去拧下去，一坨坨，一撮撮，放进碗里，浇上化开的红糖水，撒上炒好的芝麻，接下来就是大快朵颐。甜、糯、香，这些字眼，一遍遍在一张张嘴巴里吞吐传递，无休无止。然而，那样的场面，那天迟迟没有发生。那些碗整齐划一地摆放着，碗中盛放着令人馋涎欲滴的糍粑。可祖父要求谁也不要动。"再等一等吧。或许他们到村头了!"祖父眼里闪着希冀的光。

那天，我们最终还是没有等到源儿的到来。那是二叔离世的第二年，那时我并不太明白，祖父对二叔的儿子怀着怎样浓烈的思念，渴盼他回家一趟。除了祖父，谁也没有问源儿回来的消息出自哪儿，大家各自忙碌着，仿佛忘了这回事。父亲生性爽朗，那天特意倒了酒，一直在桌上和我两个姑父东拉西扯，气氛十分热烈。在他们的鼓动下，祖父也多喝了两杯，但他很少说话，只顾闷声不响地低头咀嚼，仿佛在嚼一块块生涩的白蜡。

那天，平素不易吃到的手工糍粑，剩下许多，小山包似的堆积在搪瓷盆里。祖母蹲在地上，把剩余的糍粑一点点收拢过来，弓起身，细细揉捏成一个个饼，再小心翼翼地摊在事先备好的簸箕里。说晾干以后，可以像仓库里的粮食一样，存放过秋天，熬过漫长的冬季，给那些没有吃上的人，一直留着。

那个中秋之夜，月亮似乎异常硕大、明亮。鱼一样，从四面回溯而来的亲人，一个也没有散去。院坝里，我们孩童一直在追逐、嬉戏，大人们则赏着月，高高低低扯着闲话，空旷很久的院坝笼罩在久违的热闹祥和中。我满头大汗跑回屋找水喝时，蓦然发现祖父像一尊雕像，凝固在敞开的门框前。他前倾上身，仰头向天，似乎正独自与那轮高悬的圆月悄悄絮语。

那一簸箕晶莹的糍粑饼，便是那时与我的目光劈面相逢的。祖母一定忘了收了，让它独处于石磨之上。但我感觉，它们并不孤独，此时，陷在门框里的祖父，与它们近在咫尺。远远望去，那些在祖母手里变得无比浑圆的糍粑饼，那些让人甜蜜也让人心生相思的吃食，恍惚一枚枚滑落大地的月亮，不语，不言，兀自熠熠生辉。

# 瓜里的天地

穿过一个个水果摊，在市场最深处的拐角，我找到她的摊位。

成为她的顾客是前年夏天，那时我刚从城西搬过来。第一次走进这个露天水果市场时，不绝于耳的叫卖声瞬间席卷了我，无论是如簧的巧舌，还是挂在摊前循环播放的广播，无一例外都是竭尽赞美之能事，一味地用高分贝的嗓音鼓吹着各自水果的鲜甜，站在熙熙攘攘的人潮中，仿佛面对着满市场的"王婆"，吃瓜的兴致顿时索然。

正欲离去，突然，转角处，一把浅绿太阳伞款款映入我眼帘。伞下躺着一堆安静的瓜，瓜的旁边立着安静的微胖女摊主，她不吆喝，也没有喇叭，一时间，我仿佛看到由一道隐形屏障隔开的一方清凉平和的世界。那当儿，有一丝凉风，悄然徐来。我走了过去。

按市场布局划分，她的摊位被其他摊位层层包围着，处于位置极差的最深处。但很显然，她的生意不错，刚刚一拨顾客拎着瓜，从她摊位前说笑着离去。她低着头，开始专注地修复着刚刚翻拣过后的痕迹。她并没有注意到我的驻足，抑或她的心思还在那些瓜上。她的眼前仿佛有一幅绘成的画图，此刻，她捧起一个瓜，按照画图的标引，找寻一个位置安放好，转瞬又托起另一个，轻轻在另一处安放好，如此反复，散乱的瓜，大的，小的，藏青的，浅绿的，不一会儿便在她手里层层累叠，横平竖直地有了可爱的秩序。

　　我清咳一声，她平静地抬起头，买瓜啊兄弟？她一说话，嘴角上扬，一缕阳光明亮温暖地跑过来。我让她帮我选一个瓜，三个人吃，要熟透瓤翻沙的。她点头算是回应，眼睛开始在瓜摊上四处游走，手指灵活地在小山似的西瓜中翻拣着，须臾，她挑定一个，一只手托着置于耳前，另一只手开始轻轻拍打瓜身，她歪斜脑袋，侧耳细听，仿佛瓜里藏着一片天地。

　　俄尔，她放下瓜，说就这个，三个人差不多，再大了吃不完！她的语气，恍惚有些像煮饭时，母亲在我耳边唠叨米别放过量。我对瓜的生熟提出了质疑，要她当场开瓜。说话间，只见她手起刀落，刀尖刚没入藏青的皮，饱胀的一粒瓜，就像一枚引爆的炮竹，嘎嘣一声脆响，汁液四溢地炸开了。正是我要的那种甜和熟！试吃一小片后，我满意地拎起西瓜，伸手掏钱。糟糕！包里空空如也，我尴尬不已，感觉自己如同小偷被抓了个现行。她却坦然地咧嘴笑了，胖乎乎的手爽性地向空中挥了一下，说没关系，改天带来就是了。

第二天，当我和爱人顶着烈日去付钱时，她有些意外，说为这事专程跑一趟，看这太阳毒的。言语间竟然带着几分歉意，最后她坚持要送半个瓜给我们吃，说刚刚不小心被客人碰落地下摔炸裂没卖相了。我们接受了她善意的谎言，也从此记住了她的水果摊。爱人尤其爱吃西瓜，我们便一次次来到她的瓜摊前，买一个瓜，扯个凳子在她摊前现剖现吃。她动作麻利，一个瓜一剖两半后，一柄明晃晃的瓜刀在红艳的瓜瓤上纵横几下，须臾，切好的西瓜犹如一朵盛开的花儿绽放在我们眼前，轻轻一掰，那一牙牙看似分离，却又隐隐相连纵横交错的瓜，便若一弯瘦月一般落在手里，让人立时垂涎欲滴。

在她摊前，她聊起了她和瓜的故事。前几年，她和老公一直在广东一家陶瓷厂打工，虽然没日没夜的，但一个月下来能挣一万多元，夫妻两个感觉奔头十足，计划着再做几年在城里买套房。哪知天有不测风云，住在城郊的老父亲突然脑溢血，瘫在床上，她只好辞了工回来。父亲醒过来后，头一句话问的是啥？她让我们猜，我脱口而出，十有八九问他得的什么病，对吧！不是，她眼眶里竟然涌出一层薄雾，说，老父亲竟然问的是地里的瓜都熟了吗？

她说她当时也掉了泪，她知道那一地躺在藤蔓里的瓜，对于种了一辈子瓜的父亲意味着什么。那天，她擦干泪，做了一个她自己都没想到的决定。她决定不走了，她买了个三轮，租了这个铺位，从此一边照顾老父亲，一边给儿子陪读，一边再卖瓜卖水果。老父亲的瓜她用三轮拖进市场，很快就不够卖了，她开始上城南批发市场批发。然而第一回她买回了一堆生瓜，第二回又买回一批放久了的瓜，剖开全馊了，她在心里结结实实地咒骂了一回批发商。邻居劝她把瓜拖出去死马当活马医，总要糊弄几个人捡回几个钱，她一边抹眼泪，心想可不能干这坏良心的事，呼呼蹬着三轮，把瓜全部拖到垃圾池，扔了。最后她跑回家，在地里一口气摘了十多个瓜，一个个抱着到了父亲病床前。

父亲是村里的相瓜高手，打小她就知道。贴着地皮的瓜，他只要看一眼拍两下，熟生就能认个八九不离十。她说老父亲那天精神头特别好，从瓜藤的粗细、瓜叶的肥瘦、瓜柄绒毛的脱落程度，说到瓜的外形、色泽、纹理，再到判断瓜生熟时的拍、敲、弹和听音的方法，老爷子不咳不喘，那天，她才第一次真正明白了父亲对那些瓜的感情。那些瓜，他轻轻抚在手上，轻轻拍、轻轻敲、轻轻弹，像对待着不听话但又一心袒护着、不愿重打的孩子一样，那些从瓜里传出来的或沉闷，或浑厚，或低浊，或清亮，咚咚作响的声音，每一声，老爷子不用看，他都知道是哪一个发出来的，他熟透其禀性、品貌、身形，每一个都能准确唤出其名儿，每一个都能给它们贴上妥帖的标签，生的、熟的，抑或半生的，几乎没有弄错的时候。

　　那天过后，她也学着把那些瓜当孩子一样看，没人的时候，她就拿眼神黏着它们，拿手轻轻拍打它们，拿耳细细咂摸它们，一遍一遍，一天一天，没多久，她发现，那些瓜，也不知不觉成了她的孩子，她也像她老父亲一样，随便捧上一个瓜，一摸一拍一听之间，也能叫出它们的名儿、辨识它们的生熟、报出它们的性情。她批发的瓜再没有失手，认真挑回来的瓜，成了顾客的抢手货，加上她的价钱公道，童叟无欺，尽管摊位位置不佳，她的生意依然一天好过一天，这就应了那句话"酒香不怕巷子深"。为了这醇厚的"酒香"，她的新顾客成为老顾客，老顾客带着新顾客，越过一家家水果摊，来到最深最里面的她这一家。去年，她老公也回来了，不但继续种了老父亲的瓜地，还在村里承包了几十亩地，种植起了大棚西瓜。

　　还是要瓤翻沙的、三人份的在这儿现剖现吃？未等我们开口，她只看我们一眼，便噼里啪啦背出了我们的要求，我们相视一笑，不住点头，她便开始为我们翻拣西瓜。同样是温暖的笑意，同样是麻利的身手，不同的是今天她身旁边多了一位穿着红背心、理板寸头的小伙子。称好瓜算定价钱后，她只让我们给半价，我们不解，她朝身边的小伙子努努嘴，有些自豪地说，儿子高考分数出来了，高出一本六十多分呢！今儿个高兴！老顾客统统打五折！她把我多给的钱塞回我兜里，红背心小伙子弯腰把西瓜一把抱起，双手捧送到我手里，咧嘴一笑，嘴角漾起一道明亮的阳光。

对了，她，姓王，四十左右，齐耳短发，皮肤有些黝黑，我叫她王姐，曾不止一次戏谑要是她再大几岁，就真是"王婆卖瓜"了，她没有多的言语，总是哈哈一笑，很快眼神落到别处，开始去侍弄她的那些瓜，走进它们的天地。

# 那年中药香

　　母亲年纪大了，终于拗不过我和弟弟的反复劝说，答应和我们到城区居住。回乡下老家接她，为其收拾行李时，灶屋小木橱柜里一只深褐色陶罐，静静地映入了我的眼帘。像蓦然遇上久违的老友，我怔了一下，赶忙俯身轻轻捧起它，拂去上面的灰尘，一遍遍摩挲着，往事一幕幕涌现眼前，眼睛渐渐模糊了。

　　那其实是一只在川北农村极为常见、做工粗糙的药罐，从记事起，它就放在我家木橱柜里。小时我体弱多病，三天两头发烧头痛，母亲撂下锄头，回家背起我就往十里开外的卫生院赶。看病回来，手里就拎着几个捆扎严实的中药包。母亲安顿好我，径直奔向灶屋角落的小木橱柜，打开门，小心翼翼捧出那个黑乎乎的药罐。母亲剪开捆扎草药包的线绳，将中草药悉数倾倒进陶罐，转身从水缸里取来一瓢清水，估摸着分量掺进陶罐，将那些中草药浸入，盖上盖，安放上灶孔，便坐到灶门前生火熬药。

常常在迷迷糊糊之中，我蒙蒙眬眬睁开眼，看灶屋木格窗里橘红色的煤油灯光温馨地照过来，隐约听到母亲有节律拉动风箱的声音，浓烈的中药味盈盈飘来，翕动鼻翼——淡淡苦涩中竟溢流着缕缕的清香。母亲一边往灶膛里添加柴火，一边观望着灶上药罐里的动静。药沸腾了，起身用筷子轻轻搅一搅，为那些宝贵的药材翻翻身，细细捞去汤药上的泡沫和残屑，盖上盖，继而减小火势，用文火慢慢煨煮，待到汤药渐次浓郁起来，有些发黑，状如墨汁，火候就到了。

母亲取出一个碗，用旧布包着发烫的罐柄，对着空碗略略倾斜罐身，从罐里徐徐倒出热气腾腾的中药水。待汤药稍作冷却，母亲用手背试过温度，端到我的床前，轻轻唤醒我。我的胃口薄，喝着苦涩的汤药，常常干呕连连。见我受罪，母亲也跟着难过，她红着眼圈，轻轻帮我捶背，扶我躺下。待我平静下来，她再默默把药端过来。

在母亲切切的目光中，我接过盛药的碗，重新端起来，咬着牙，一仰脖，咕嘟咕嘟一口气把中药喝个底朝天。那年月，许是为生计操劳、为我的病痛担心，淡淡的忧愁总写在母亲脸上，笑意是很少见的，但见我喝完了药，母亲却立即舒展了眉头，阳光仿佛一下涌进她双眸，她总会一溜小跑到碗柜前，变戏法似的盛出一勺白砂糖，愉悦而迅速地放进我嘴里，让甜蜜的糖水在我口中洇开，咂咂嘴，嘴里涌起无边无垠的甜！

一日，不知母亲又从哪里听来了偏方，说是用山上的野菊花晒干做药引熬药喝，可以清理胃热，治好由胃热引起的偏头痛。那几日，母亲干完了一天农活，便又急匆匆提着竹筐穿行于田间地头、山岗坡地，回来便是满身、满筐的清香。母亲把野菊花用溪水细细洗净，珍宝般捧到院坝里，一朵朵摊开晾晒，那些平铺舒展的菊，一朵朵地挨在一起，好似一片片挤在一起的金箔。

那晚我被父母低低的对话惊醒了，好奇地跟着起了身，轻轻打开虚掩的门。如水的月光下，父亲和母亲正在院坝里面对面躬着身，两人双手急急地往篾筐里捡拾着白天晾晒在石板上的菊花，仿佛在争抢着完成一件鼓舞人心的大事。那些微黄的菊，沾着月光，滑过父母粗糙的手，一朵朵滑进青青的筐。

我站在父母身后，听他们絮絮低语着，母亲在庆幸着半夜醒了过来，想起了那些忘了收回的菊，雾气也不大，菊花还没被润潮，遇上好天气再晒上两个太阳就可以入药了。或许是想到了我痊愈了的样子，母亲说着说着，竟轻声笑了。十月夜，寒意正浓，站在母亲身后，虽然看不清她嘴角泛起的笑容，身体却瞬间被一种热乎乎的东西紧紧包绕了，悄悄退回屋，我鼻子不禁酸了。

记不清哪年医断了偏头痛的病根，哪一年身体悄悄强健起来，但母亲一次次背着我奔走在崎岖山路上去就医的情形、灶屋里熬药的忙碌的身影、看我喝完药后舒展的眉头，还有那晚皎洁的月光，时时闪现在我人生路上，一次次拨动我心弦，打湿我双眼……

# 老街慢时光

从我现在所居住的城区出发，沿 212 国道南行约四十公里，在风光旖旎的嘉陵江畔，坐落着一个以渡口命名的小镇——李渡。相传古时有一李姓男子携家人来到嘉陵江边逐水而居，然嘉陵江水深，对岸老百姓只能望江兴叹无法过江，为造福乡邻，李姓男子遂带领家人，凿石奠基修筑了码头，并伐木造船，一生义务为乡邻摆渡，后人为传颂李家美德，将此渡口与其姓氏"李"关联，川北小镇李渡，由此得名。

如果你是一只鹰，以梦幻的姿势展开双翼，滑过，俯瞰这方寂寞的山水，你的梦也会向着远方生长。李渡的老街和新街界限分明，宛如太极图黑白分明的阴阳两极，看似各自蜿蜒风格迥异，实则相互依傍息息相通，老街拐个弯，忽尔就走进了新街；新街钻条巷，又遥遥与老街当了照面。如同走得亲近的老邻居，新街白天总爱把时尚动感的音乐热情地给老街送去，夜晚老街又总把如水的月色捧过来，轻轻洒在新街窗帘上、台球桌沿、街心花园中……

李渡老街倚山傍江，以贯穿整个老街区的文丰街为轴，向四面纵横延伸，回环耦合自成一体。老街是清一色的青瓦木房，掉漆的木门，精巧雅致的窗棂，还有过时的牌匾，不舍丢弃的风车，陈旧的长幡，无一不浓情地渲染着深深的怀旧气息。徜徉在老街街头，骤然响起的老歌旋律，自行车悦耳的铃声，忽远忽近的"磨刀呢——磨剪刀哟——"的吆喝，仿佛都能让时光倒转，叩开一片尘封的记忆。

老街早已没有了当年商贾云集的繁荣景象，用门可罗雀来形容实不为过。令人欣慰的是，老鞋匠还在那三尺见方的小巷口摆着摊；手工制衣的裁缝店还和人赌气般倔强地营着业；头发花白的老头，还在为顾客理着他们钟爱了一辈子的平头；老字号的手工油茶，依然飘着辣子油诱人的纯香。闻香进店，老板娘笑意盈盈地起身，大声拖着好听的川北腔，朝门口响亮一声喊：来——客——啰——

老街闲置的商铺多做了留守老人或孩子的居室，或紧闭或大开或半开半掩的木门前，常放着一把竹椅，老人们或坐或躺，在竹椅上有一句没一句地聊着天。竹椅的旁边，偶有两只小狗小猫慵懒地躺着，或是三两个顽童嬉戏着跑过来，仿佛电影里的慢镜头，一切都放缓了步伐，所有不足为奇的细枝末节，在这里，都悄然成了一帧帧不可或缺的风景。

老街有街有巷，街巷交织穿插互通。几条通往江边的叫不出名儿的巷子，虽狭小，却清幽。光滑的石板泛着岁月的冷光，一株月季、两丛芭蕉，俏皮地把小巷的寂寞藏起来。如果适逢小雨天，雨丝如织，独步其中，诗情画意不经意就会涌出来，想起江南，想起戴望舒，仿佛一回眸一转身，就会看见丁香一样结着愁怨的姑娘，撑一柄油纸伞，从巷子那头，款款而来。

　　午后的时光，下河街茶坊是最好的去处。茶坊前大撑的凉棚，盖碗的清茶，一碟花生米，三五个朋友，一个下午水一样流淌而过。任穿堂的江风轻抚，看金色的夕阳一寸寸退离，一批茶客走了，一批茶客又来了，这样来来去去，就像碗里的水，浅了又深，欠了又盈。就这样坐着，喝着茶，聊着天，发发呆，打个盹，一切都简单而美好起来。

　　下河街尽头就是李渡码头，两者首尾相接，不过几十步之遥。如若在李渡码头捉迷藏，才将遮眼的手帕缠好，在脑后轻轻打结，一眨眼工夫，小伙伴就已经蹿到下河街的野生大河鱼摊后，捂着嘴，偷声笑了。

　　穿过下河街，站在李渡码头青石台阶上，眼前顿时豁然开朗，碧波荡漾的嘉陵江近在咫尺。掬一捧江水，啜饮一口，咂咂嘴，清冽与甘甜瞬间溢满唇齿！"开船了——"随着船老板雄浑的一声吼，码头顿时热闹起来！挑担的，抱孩子的，挎包的，老的少的……在老板的招呼声中，让心驶向他们要去的地方。

夕阳西沉，安谧的嘉陵江闪烁着灿然炫目的金色，在船身下尽情地铺展开她柔媚的身姿。一点点地，对面的群山、招手的人，掩映在树木中的古寺近了，对岸的一张张笑脸生动起来，一声声笑语热闹起来。而李渡老街，连同那些慢的时光，却遗落在船身后，渐行渐远，悄然隐没在稀疏摇曳的光影中，宁静而安然。

# 夜宿山庄

越往里，愈加清幽。

车似乎也快了些，像离家的游子，荒腔走板地哼着某个烂熟于胸的歌谣，奔跑、跳跃在连接着家的最后一段山路上。不知是谁领头唱了一句什么，车上的人一下子被点燃了，全都高高低低应和起来。我们这一车沸腾的人，像是一头误入他境的巨兽，扬扬自得，浑然不觉天色已晚，路旁树梢上、枝丫间，一只只各色的鸟儿，盘旋起降，旁若无人，奔向自己的巢穴。落日的余晖斜打过来，把车上三分之二的脸浸染在纯粹的金色之中。胃痛舒缓了一些，车窗外一闪而过的只有绿，绿，一味地绿，像一簇簇奔流的绿色火焰，不管不顾时令已近孟冬，依然蓬勃昂扬着万物生的宏大主题。

车在老支书山庄外宽敞的空坝停住时，我才明白今晚就要宿于此山中。但我本能地不愿相信，缠着同行的小 A 求证，在我反复几次"为什么"的追问下，他举起一根粗短的手指，郑重地支了支高度近视眼镜框，歪着头开始从上到下打量我，仿佛我不是他认识近十年的文友。是的，千真万确，那当儿有凉风跑过我耳际。事隔多年了，仍然历历在目。那是到甘孜的第二个晚上，怀着喜滋滋的、猎奇的心理，我们一行人去感受当地人提供的夜宿帐篷，新鲜感随着那轮红日一起沉到山的那头后，我们才开始触及尴尬的现实。没有卫生间，没有自来水，一群来自不同地域、没有洗漱的男人，和衣胡乱挤在一起睡通铺。关于甘孜的苍凉壮美的记忆，总是在一些不经意的时候，如影随形地缀着几个大汉此起彼伏的鼾声和磨牙声，以及我在黑暗中，努力鼓着近视眼，小心翼翼跨过七扭八歪的身体，悄悄摸出帐篷，寻找方便之所，迎面撞在脸上、手上的大团大团的风。回想起这些，我不禁悄悄打了个寒战。好在披着一身阳光的杨团长立于荷塘之上、拱桥那端，带着朗朗声腔，高呼开饭了。

多数时候，一餐宜人的饭菜，便能抚慰一个饥饿的胃。所谓的抚慰，当然不能仅仅是物理意义上的充盈、膨胀，而是以熨帖的姿势，给它足够分量和持久的拥抱。如果记忆没有偏差，那晚最后一道菜尚没有上桌，我便破天荒地端起杯，带着几分于我有些格格不入的豪爽，让热情的小 A 帮我倒了大半杯白酒。我承认，这和小 A 一直在那儿拿我的酒量与酒品说事有些关系，但平心而论，即使那晚没有小 A，我想我也是要喝一杯的。这一次采风，与太多大家同行，书画界的李秀贵老先生、南充篆书第一人棚哥、国画家黄仕超老师等。通过市文联采风这样一次行动，让各界文艺精英集结，以他们手中的笔、手中的毫、举起的镜头、定格的文字，从各个维度，去记录、洞见、呈现脱贫攻坚的伟大成果，把改革开放后我市人民生产生活的沧桑巨变塑造、浓缩、提炼为人们可观可感可评的文艺作品。被赋予这样光荣的使命，我注意到队伍里的每个人，不分长幼，无论男女，由内而外，都散发着一种不可言状的光芒。这种光芒，有种庄严，有种神圣，她不言不语，牵引着我们，一步，一步。

席间，我有幸与女书法家吴小英老师邻座，前一晚在南部宣传部书法笔会上，她的书法艺术深深地惊艳到了我，学习观摩的间隙，我刻意用录像全程抓拍了她执手教一名书法爱好者转腕运笔的影像。力量在她手上，力量在她眼里，力量在她笔尖。那当儿，我产生了一种深深的错觉，仿佛功夫女星杨紫琼空降于斯，此时她就跨步于案前，她不是在挥毫泼墨，不是在写字，而是扎着马步，在练功，在打一套功力深厚的太极。力量的背后，她一定有着厚重的书一样的人生吧！果然，席间，她向一桌听者讲述了她的人生，坎坷、挫折、穷苦曾一度影子一样跟着她，她曾以为没有尽头的日子，不过，恍然一夜之间，新时代的足音铿锵而来。如今她安享晚年，重新拿起手中的笔，从容地书写讴歌这个伟大的时代。讲着讲着，笑意装满了她的眼睛，而她脸上的皱褶，在我看来，这一刻，环聚成了一朵花的样子。我默默闭上了嘴，在这个波澜壮阔的时代面前，在一段书卷一样的人生面前，近段时日困扰自己的那点"小我"烦恼，显得多么微弱和不足道。于是，在热腾腾的人声中，我只能敬酒，怀着深深的敬意，敬她，敬出口成章的诗人，敬充满爱心的作家、画家及熟悉的小A。然后，不觉间，我的身体，我的心便被一股暖流包围了，在这个晚秋，在朱德故里马鞍，在老支书山庄。

歌声飘起来时，先前放了碗筷的艺术家们风一样聚了过去，黑压压围成一片。想必是在我们吃饭的当儿，老板已经在院坝里忙碌，为采风人员提前摆放、安装好了音响、电视。不知是谁第一个唱的，窗子挡不住，黑夜挡不住，人声挡不住，歌声长了脚一般，爽爽朗朗地跑过来，钻进我们耳里，附在我们身上，让我们一时间热血沸腾。我也跟着往外跑，脚步翻飞，有些关于夜晚和光火的东西，像时光的碎片，噼噼啪啪，扑面而来。我想起上中专那一年，我们去中坝野炊，一直到夜晚，我们燃起柴堆，手拉手，哼唱着随口而来的歌，旋转、跳跃，任青春的时光轻飘飘地溜走。"滚滚长江东逝水　浪花淘尽英雄……"王主任浑厚的嗓音响起时，我也不由自主跟着哼起来，但没吐出几字，我嗓子便突然酸涩起来，有什么卡在那里，不能连贯，只能时断时续。有人开始舞蹈，和着节拍，三步四步，不拘形式。举目四望，在灯光映照下，夜中的山色像罩着一层神秘的纱，朦胧秀美，安然祥和。

我是乘着杨团长高昂、激越的歌声独自离开的。他的歌是真正的歌唱，带着阳光的成色，带着高亢的旋律，带着抒情的诚真。这样的歌唱，注定应该属于这个伟大的时代，注定应该属于伟人朱德故里，注定应该属于这个叫作老支书的晕染着红色基因的山庄。在这个暂时远离尘世喧嚣的迷人夜晚，是适合放歌的。一步步走在发白的公路上，两旁是夜中变得黑重的树木，我仿佛游离在梦的边缘。恍惚间，那个孤独的男孩，那个以文字充饥的少年，那个朝着文学的殿堂攀爬的文学青年，在时光的那头，正一路念白着，高歌着，趔趔趄趄，向我奔来。远远望见巍然屹立的朱德纪念馆大门牌坊时，杨团长高亢的歌声还在山谷的上空深情地缭绕。我突然想放歌，在这他乡的夜里，扯开喉咙，一边唱一边走，往里走，一直走，沿着来时的路，沿着心灵最初的方向。走到朱德纪念馆那长长的石阶去，走到伟人的汉白玉塑像旁，向他讲述一个伴着改革开放大潮成长起来的青年人的心路历程，向他描摹我身处的这个时代的瑰丽华章，向他说一说我的小家，以及家中有关爱与幸福的话题。

往左折回，爬上一段花木掩映的缓坡，便进入了今晚住宿的院落。依山而建，三面围合，穿梁斗拱，典型的川北民居。院内一棵硕果压弯枝条的橙树下，十来位老师就着星星点点的月光，或坐或站，围成两个圈，还在热聊。我移步过去，加入其中一个。都是关于这次采风，关于这一路所见所闻，新农村、八儿滩、湿地公园、幸福指数、脱贫、奔小康等字眼，一个个从他们嘴里欣喜地蹦出来，和着他们脸上宽展的笑意，听起来悦耳极了。黄仕超老先生在追忆过去，那些他在玻璃上画画、讨要生活养家糊口的艰难日子，让他不愿多提，沉重地讲述了这段之后，我注意到他抿了抿嘴，转头环视一圈围着他的后生晚辈，好像最终确定是身处当今盛世，终于舒展眉头，长长吐出一口气。最让我感同身受的是随后小 A 以他年轻的声音，在夜空里所作的构想，他说采风回去之后，要从一粒花椒写起，勾连自己小时候那碗寡淡的白饭，记录一个人、一个家、一个村庄，以及一个国家命运的摔打、奔跑和跨越。最终，小 A 说一滴水，可以折射一缕阳光，一粒花椒，同样可以折射我们这个时代，这个变得有滋有味的时代。跟着黄老师，跟着小 A，大家七嘴八舌，粗犷的、细腻的，急的、缓的，重的、轻的，仿佛无数穿着彩线的绣花针在飞舞，沿着细密精美的针脚，在共同绘就一幅锦绣长卷。

兰苑的木质门半开着，像一只安谧的耳。听着辛酸，听着喜悦；听着苦难，听着幸运；听着过去，听着未来。它不语，它不言。那幅夜空中我们织就的长卷，此时一定沿着某种秩序，被它一一收进了心底。睡意浅浅地袭来，有关甘孜的担忧早在拿到设计独具匠心的房卡那当儿就已去除大半，笑意盈盈的工作人员向我们一再保证，这里水源充足，设施齐全，只要愿意，睡前洗个长长的热水浴，并非奢侈之举。所以，甘孜的故事今晚不会重演，虽然我尚且不知道同住的许师傅是否打鼾或磨牙。开了一天的车，许师傅许是已经累了，唱歌时并不见他的身影，他早于我之前回了房间。随着他的走动，他高薄的身子映在雕花玻璃窗之上，生动地变幻出一幅幅睡前活动剪影。此时，他停住了脚步，正躬着身，或许他怕打扰院里树下的夜谈，正在一格格按动遥控板，把爱看的足球比赛音量调试到最小。不觉间，置于房间一隅一盏灯倏忽亮了，从院落望进去，那盏橘色像枚小太阳般静静燃烧的落地灯，让我突然想起当年乡下母亲用柴火烧得红通通的灶膛，有母亲的依偎，以及那些红通通的灶膛陪伴，那些漫长的冬日——仿佛一直紧紧靠着春的怀抱。

向着那束光，迈开大步时，我听见身后的夜色像脱缰的野马，千匹万只，顷刻间奔腾而起，带着厚积的力量，层层向我包围过来。

# 父亲的田园

下了整一宿雨，塘里莲藕喝足了水分，细脖子一个接一个，蹿出了水面。这是父亲的原话，丝丝缕缕的欣慰和愉悦从他沙哑的嗓子里流淌出来，仿佛昨夜那场大雨的气息尚未走远，一直缱绻沾染在他皮肤或者衣裳之上。电话那头很静，只有星星闪烁般，偶尔响起几声忽远忽近的犬吠，极力渲染这乡村夜晚该有的安宁与温馨。

家住半山，穿梁斗拱几间瓦屋，虽简陋，却一副与世无争的样子，从容不迫缀在树丛石崖间，自有几分惬意与天然。做过几年教书先生的父亲，曾戏称我们的居室为"半山阁"，言语间流淌着几分自嘲和自得其乐。前些年一个思乡之夜，我曾涂鸦过一篇名为《山居》的小散文，不曾料到，提起笔来，父亲便一头扎进我的段落句式间，从头至尾，在其中穿行、腾挪，或驻足。沉淀着光阴故事的"半山阁"，几十年来，经由父亲之手，经历重建、修缮、扩建，却始终在山野间屹立不倒，就像父亲一辈子与村庄厮守，日出而作，日落而息。

二十世纪八九十年代，村里人一窝蜂奔赴城里，寻找崭新的机遇与未来。父亲却不为所动，始终满腔热忱扑在他的田园里，把自己活成一棵树、一粒泥，或一块石子，起早贪黑，风里雨里捧出一家人的粮食和蔬菜，用日渐粗糙的双手，向脚下的土地，源源不断掘取我们的学费和一家人的开销。后来，我和弟弟先后如大雁般飞离"半山阁"，飞出村庄，在城里安居乐业。即使偶尔回去，也仅作短暂停留，"半山阁"仿佛成了我们旅途上小憩的客栈。

近几年，我们开始轮番动员年迈的父母搬离乡村，和我们住一起，但父亲总有一箩筐拒绝的理由，仅是"山中空气好""菜蔬新鲜"这两条就让我们节节败退。在父亲的鼓动下，曾经摇摆的母亲也和他并肩站在了一起。去年孟秋，父亲不惜花钱请匠人修筑了院墙，一副"欲与山野共生共老"的姿态。六十八岁生日那天，他竟然雄心勃勃对我们宣称，他要为"半山阁"造一座盛大的花园。

他说这些话时，凉风擦着我们的脸庞缓缓移动，星子稀疏，是在一段夜幕下发白的曲折山路上。虫鸣低小，隐隐约约悬浮在我们的脚步之上，让人怀疑，这是否属于梦境。父亲一开口，我便明白劝他进城的计划又落空了一半。那段饭后散步的山路，细密地铺排着父亲激昂的声音。夜色昏沉，父亲双眼却光点闪烁，我相信，他一定看到他梦想的那座花园，随着他生动的描摹，一点点在我们眼前成形，伸手可触。那当儿，走在他身畔的我和弟弟，谁也不忍心去点破父亲的不切实际。我们只是默默听着，紧紧地，跟随着他轻盈的脚步。

然而，我们都低估了一个孱弱老人依然年轻的梦想。父亲以一方池塘明晃晃地拉开了他的花园梦。那方盛着蓝天白云的池塘并不大，却足以将我的瞳孔扩张至惊吓状。在我牙牙学语的儿子看来，半山上这块水汪汪的地方，一定无异于家门口离奇地飘来一片大海，他颤颤巍巍朝"那片海"趔趄过去时，嘴里不成调的"叽里哇啦"瞬间欢畅地溢满了午后的时光。我无法想象，寥寥数日，我的老父亲，如何将塘里的泥一点点掏出来，搬运、堆积至百米之外？面对我们七嘴八舌的讨论与疑问，父亲脸上滚溢出孩子般的自豪与满足，但他只用了三言两语，把挖塘的过程说得轻描淡写，仿佛一只鸟儿，衔着一枚空灵的草茎，乘着清风，飘飘忽忽，从这里，到那里。

"下次，你们再回来，这里就更像一座花园了！"我关上车门时，父亲垂手立于车身外，探着头，嘴里连连念叨。那个瞬间，我有一种很深的错觉，仿佛父亲变成了不谙世事的孩童，他将他珍藏的花园和盘托出，只为与我们交换一年中屈指可数的返乡之旅。也许他并不需要花园，他并不热爱那些花木，但他一定需要我们，希望我们一次次地回来，像那些花木，就一直根植在他身边。

父亲如何定义他的"花园",我不得而知。仅仅是圈养一些花木,或是挖一片池塘,蓄上几方水,我以为,唤作田园也许更加朴素、熨帖一些。接下来的日子,葡萄架搭好了,鱼苗放进塘了,莲藕发苞了,一块长相新奇的墨黑石头从梁子上搬了回来,几枝怒放的蜡梅从湾里剪回来扦插上了……父亲的电话里,他的花园在一天天长大,一天天有筋骨、有血肉地丰满起来。

最近一次返乡,是因为一棵树,确切地说,是一棵枝繁叶茂、岌岌可危的樱桃。坝上修水厂,父亲赶在挖掘机巨臂挥起之前,抢下了那条蓬勃的生命。一路扛着上山,不知在哪儿结结实实跌了一跤。"那些花花草草,都是他打电话给你们的借口,他嘴上不说,其实他就是想你们了!"母亲偷偷向我们告父亲的状时,父亲已经将脚脖上膏药的痕迹剔除干净,什么也没发生似的,他兴高采烈地把他的儿孙领出屋,去逛他的花园。

此时,以"半山阁"为圆心,百步以内,池塘、鲜花、流水、葛藤、翠竹,错落有致;各种父亲眼里"宝贝"的苗木、物什,按照他的旨意,比邻而居。父亲兴奋地告诉我们,等太阳下山了,池塘里那些躲在莲叶下的蛙,就会一只只争先恐后跳出来,高一声,低一声,在宁静的夜幕下唱成一片。

讲完了蛙,父亲又开始向我们描绘花园的蓝图,未来还将有哪些品种,作为新的成员,陆续进驻他的花园。微风轻拂,栀子浓郁,我满头白发的老父亲笼在层层叠叠的光线里,脸红得像天边的晚霞,快要烧起来。

　　有股莫名的酸涩在心底泛动，我真想走过去，拉起他枯萎的手，向他承诺，今后我们会尽可能多地回到他的身边。即使这里没有蛙声，也没有花园。但我不知如何开口，我只把发潮的目光使劲往上举，越过父亲的脸，越过父亲身后那片火红的田园。

# 飞翔的裙袂

那年孟夏，家里突然来了一位客人。我记得当时天色已晚，鸡鸭进了圈，淡蓝的炊烟开始贴着天空驯服地舞蹈。但客人的到来，立时驱走了小院越来越深的暮色，我看见我们家每个人的眼睛都像灯一样，亮了起来。

那是我第一次见凤云姑姑，我不明白为什么她到来的这个傍晚，身体一直不见好转的祖母怎么一下面色红润了起来。那天，祖母破天荒地吃了一大碗饭，一直拉着凤云姑姑的手，仿佛有说不完的话。直到蚕房被里三层外三层的"细雨"声淹没，凤云姑姑才从祖母那间屋走出来，来到我和母亲所在的蚕房。见我们正在喂蚕，她好听地哇了一声，转瞬，把头埋到身旁一簸正争抢着桑叶大快朵颐的蚕儿上方，闭上眼，静默不动。我知道，她一定在倾听，像我一样，每当从蚕房走过，总要驻足，沉浸在那些精灵咀嚼出的沙沙"细雨"声中。那些仿佛带着细碎齿轮的声响，像素净的月光一样，均匀，宁静，浸润进身体，长成记忆的一部分。

月光一样长成记忆的，还有那晚凤云姑姑与我母亲穿梭在高高低低的一簸簸蚕儿间，高一句低一句的对话。母亲似乎一直在感叹凤云姑姑命好，能进城，还进了丝二厂。而凤云姑姑似乎一直在安慰母亲，一句话绕缠着另一句话，就像蚕儿吐出的一根根纵横交织的丝线。她的话似乎很管用，母亲的眉头一点点舒展开，竟神色轻松地说起她们小时的一些趣事。喂完最后一簸蚕，凤云姑姑把多余的几片肥厚的桑叶放回背篓时，突然轻声笑了，她勾头撩起自己的长裙下摆，仰起脸，对着我母亲说，其实，咱们做的是一样的工作，你呀！做的还是最关键的部分咧！你看，这条裙子上的丝，说不定就是你喂的蚕儿们吐的呢！

她的声音明亮、笃定，尾音轻快地上扬。母亲怔了一下，她停住了手中的活，睁大眼，前倾身子，凑近凤云姑姑，确切地说是凑近凤云姑姑撩起的那条翡翠绿长裙。没承想，凤云姑姑突然俏皮地一趔身，跃跨出蚕房，咯咯笑起来，张开双臂，兀自在院坝里转了一圈。我和母亲似乎被一股力量牵引着，一前一后也跟着她踏进了院坝。我们一直盯着她身上那条神奇的长裙，仿佛那条裙子刚刚一直在哪儿隐着身，现在才突然跑到了她的身上。

那条长裙，与母亲及村子里大多数女人的穿着，明显有着云泥之别。它薄如蝉翼，它柔滑似水，它淡雅，清新，不露声色，却又流光溢彩！耀眼极了！月光凉白，凤云姑姑又转了一圈，跟着又是一圈，她似乎要一直转下去。

　　我不确定凤云姑姑离开后的哪一个夜晚，我梦见了她。她在我薄碎的少年梦里一直转，最后一踮脚，竟离地飞升起来。那条丝绸长裙，带着风的形状和呢喃，托着她，化成了她飞翔的一双翅膀。打那以后，我渐渐有了朦胧的审美。我把体态婀娜、面容俏丽、打扮接近于凤云姑姑的人，归类于好看的人，而像母亲一样，腰粗大嗓者，一概打入另册。以至于，我极少与母亲一道出门、去赶集，母亲来学校为我送伞，我还曾淋着雨，绕路躲开过她。

　　香港回归那年，我开始实习。母亲却突然病了，需要到城里做手术。那时我们都被吓傻了一样，父亲甚至做好了最坏的打算，他竟然悄悄带着母亲去了北湖公园，坐了趟从来舍不得坐的小火车。我是无意中说到凤云姑姑的，我说凤云姑姑就住在离医院不远的地方。我看见母亲眼里快速跑过一道光火，但她瞥了瞥身旁的我们和身上的病号服，没说一句话，脸上的光彩一点点褪尽了。那天下午，我怀着庄严、郑重的心，去了丝绸路那家百年老店。我把那条丝绸长裙送到医院时，当然没有说我是求了实习单位的领导，求他们预支了我两个月的实习补助。我告诉母亲，我只是路过，看到橱窗这条裙子，与当年凤云姑姑穿着在我们院子转圈的那条很像，又不贵，便买了。

那晚，我和父亲打了车，载着穿着那条并不合身的长裙的母亲，去看望久未谋面的凤云姑姑。车过北湖，驶进五星花园，母亲突然仰起脸来，目光与街心的丝绸女神雕塑相撞、相接。车开始转圈，绕着女神，灯光倾泻，霓虹闪烁。身着绫罗绸缎的女神舒展手臂，在车窗外飞翔，似乎要飞向璀璨夜空。我看到母亲眼里有泪花炫然欲出。那一刻，我的心真切地抽搐了一下，似乎一瞬间，我便长大了。我发现我一直在误会着母亲，以及同她一样，把一生的华年留给村庄、留给土地的那些勤劳、拙朴的女人，她们拥有另一种美，她们并不输给女神雕塑，以及几公里开外即将见到的凤云姑姑。

最近一次见到凤云姑姑，是前几日。我的母亲和她都已儿孙满堂，现在，她们把见面的机会视为珍宝。我特意把地点选在高坪六合丝绸博览园，选在凤云姑姑曾经挥洒过青春和汗水的地方。那天，天公作美，游人如织，大型杂技舞台情景剧《东方丝源》即将带妆彩排，往里走时，有小火车从身旁隆隆驶过，耳边游弋着浅浅深深怀旧的音乐，杂技剧那些剧透过的震撼、唯美的画面一直在我眼前铺展。我的母亲又胖了些，当年那条丝绸长裙被她从箱底翻出来，穿在身上，刚刚好。她站在"丝绸源点"几个大字跟前，脸上的皱纹绽放如花。等了好一会儿，她似乎有些急了，几次踮起脚，脖子前伸，顾盼、张望。

另一边，我的凤云姑姑——那个曾在我梦里飞翔、身轻如燕的美人，正携着缕缕清风，跨过嘉陵江，跨过时光，绕过巍然屹立的千年白塔，飞驰在来的路上。她接连给我打了几个电话，语调急迫，满含歉意。她让我母亲无论如何要等她。她的口气，似乎在奔赴一场跨越世纪的邀约。

# 卖茶姑娘

是中专快毕业了那一年暑假。青春正盛，未来似乎又遥远空茫无期。父母怕累着我似的，再不让我插手他们的农活。那天也是在村庄游荡的一天，在知了的聒噪中，我漫无目的地穿过楠木院子，并不确定要去向何方。两个同村的伙伴恍惚从天而降，他们挡在我前面，邀约我一起去一处风景区游玩。所谓的风景区，离家并不远，其实是一座刚在上面修建了一些亭台楼阁，种了一些花木，不高不矮、长相普通却绿意盎然的山。

快到山顶时，火辣辣的太阳悬挂在天空。"哇！多美！"阿伟忽然音颤颤地叫，顺着他痴痴望着的方向看去，果然，在远处青油油的草坪上，一把天蓝色的大圆盖伞下搭着一古色古香的茶摊，摊后一纤纤秀秀的少女亭亭玉立，微风中，粉红色连衣裙款款地飘，像一段轻巧欲飞的虹。

"走！喝茶去！"不知谁激情地吼了一声，大伙儿就生龙活虎地"杀"了过去。接茶杯时，我发现卖茶姑娘脸上有一对深深的酒窝。

伙伴们个个性格豪爽，你一句我一句，很快与卖茶姑娘谈到了一起。

话题自然由茶引出——茶的起源、茶的文化、茶的学问……卖茶姑娘显然比伙伴们内行。不过话题很快就跨越了茶文化，伙伴们谈《简·爱》，谈中东局势，谈下海弄潮，我有些暗暗吃惊，我发现我学经济的伙伴谈的问题愈来愈艰深和故弄玄虚，但令我完全没有想到的是，卖茶姑娘完全没有不适应，她眸子里闪耀着无限的愉悦与兴奋，与大伙儿他乡遇故知般，侃得更起劲了。

我不善言辞，就一边品茗，一边静静地看着卖茶姑娘优美地添水、从容的谈吐。我仿佛觉得，她就是这山上一帧绝美的风景，美得清新，美得动人，光是静静地看着，就足够了。

不知过了多久，当一批茶客离去时，我们也起身告辞。

"喂，冈子，拍张照吧！"阿伟指指卖茶姑娘。

冈子不假思索，立即取下相机瞄准了她。"快笑呀，摆个pose！"伙伴们冲她嚷。其实我觉得她即使不笑，拍下来肯定也很美。

"别，别拍呀！我从不拍照的！"卖茶姑娘躲闪着，手足无措起来，羞成了一朵花！

我倒是一惊：这么美，会没拍过照！

"不照不走！况且，我们是朋友了呐！"伙伴中有人血气而赖皮地嚷嚷！她有些无奈，勉强做出一个姿态，笑了，冈子抓住时机，摁了快门。

"这张相就送你们作纪念吧！不必往这儿寄了，寄了我可能也收不到，明天我就回学校了，我在那儿代课。"她指指山下那片绿油油的村庄，平静地对我们说。

不过，最终我们还是要了她的地址，打算在一个平凡的日子，捎给她一份温馨的惊喜。然而，照片洗出来后，我们却都改变了主意。

"她依然很美，可总感觉她不应该是这样的！"阿伟凝视着照片，痴痴地，道出了大伙儿的心声。

忽然想起她在评价《飘》中郝思嘉和白瑞德那让人着迷而又布满忧伤的爱情时，嘴角上扬微笑着轻淡说出的那句话：她是她自己，她美得自然而真实，不是吗？

# 村庄的密码

布谷鸟从我们头顶的天空飞过，叫声过于高远而不切实际，香椿悬垂于山崖、树梢，蓬勃得过于隐秘而含蓄，川北村庄的人们，真真切切确认春天的到来，很多时候有赖于春冰融化、鸭子下水，以及在田埂和坡上徜徉、游走的当口，眼里突然跳进来一串串赭红似火、迎风生长的植物。这种能佐食入药的植物，带着饱满的芳香，把关于惊喜、希望与热烈这些暖烘烘的词汇，一截一枝一缕，横平竖直地存放进人们的认知里，年复一年，周而复始。

我们这些在村庄奔行的毛头小孩，最初并不知道它们的妙处，怎么瞧，它们都与我们大大小小挂在脑袋上的耳朵相去甚远，可它们却不管不顾，如此心安理得地被人们唤为"折耳根"。"去撬折耳根了哦！""大雁坡好多折耳根哦，快来！"这些极具鼓动性的声唤无论出自谁的嘴，在空中一路颠簸，最后撞击上我们孩童的耳蜗时，我们眼前第一时间展现的必然是旷野的风和无边无际的自由，而不是一种匍匐在地的植物。那时节，于我们，去野外采摘折耳根绝对算得上一门好差事。我们拿起大人递过来的器具，一窝蜂就挎着篮子背上背篓奔出了门槛，我们担心迟了一步，大人会突然改变主意，转身喝住我们，把我们迈出门的脚步活生生拦回去。

我们沿着大路走，我们跟着人的脚跟走，我们上山，下沟，再上坡，再下坡。那些赭红色的植物就像神秘的引线，一路领着我们脚，一路擎着我们细瘦的脖颈。走着走着，我们也像那些赭红色的植物一样，散落在田间地头，东一个，西一个，弯着腰的，曲着头的，趴着身的。带去的工具多是家里不常用的钝锈之器，我们并不去思量大人复杂的考虑。我们只管走走停停，打打闹闹，仿佛那些时光是我们多出来的假日，是家长开恩，赠予我们的一段别样时光。

至于采在我们手中的植物的最终命运，它们是否算得上村庄的一道美食，我们并没有想那么多。我们一只手捏着它，抚着它们或粗壮或细瘦的茎叶，寻着它们的来路，寻找它们深埋土里的根，然后扶着托着它们的叶，和着新鲜的土，一并扯出来，撬出来，拱出来。然后，我们的筐里，我们的篓里，就不只是一味地赭红了，而是有了白，一掐就破的白；也有了粉，低首含羞的粉；还有了青，天刚亮时天边云朵的青，袅袅炊烟的青，青瓷欲碎的青。还有些好看的色彩，我们压根儿就分不清了，自然也叫不出名号，反正它们就那么相安无事地，共存于那些植物的同一枝叶上、茎上、须上，不争不吵，不推不搡。我们无暇顾及那么多，我们没心没肺就那么随意地把它们堆积在一起，任它们浓淡不一的香气在那个方寸间流淌、层叠，动荡、交织，直到黄昏的幕盛大而宁静地降临。有那么一刻，我们似乎被黄昏的仪式震撼到了，我们静了下来，我们一屁股坐在那些芳香旁边，把头仰起来，任万千条金灿灿的光线在我们周围不动声色地铺开，并款款地升起。

此时，我们的父母长辈就在山上某处遥望着我们，偶尔隔着一个坡喊上一嗓。我们有时假装没听见，有时含含糊糊应付着答一声，就又沉浸在我们的世界里了。我们往背篓里瞧，内心掂量，只要收获能马马虎虎应付一下午的光阴了，我们就放开手脚，只管嬉笑、追逐和玩了。丢了器具，放了篓筐，去田里摸鱼，沿着沟渠捉迷藏，或结伴去河边打水漂，这些活计，像撬折耳根衍生出来的修饰词，它们跳张，透明，欢畅。我们行走在无边的金色里，像包裹在一个芳香的壳里，我们并不知道这是一天最好的时候，我们思考不了那么多，就像筐里篓里那些从不开口的植物。

用清水将它们洗净，切成齐整的段，用盐码放一支烟的工夫，再浇上酱、醋和油辣子，这便是一道可口的下饭菜。有时回去晚了，外婆担心安危，免不了要沉下脸斥责一番。外公那时身体尚还健朗，总跳出来笑呵呵地解围，他把我一下午的成果从背上或臂弯里利索地取下来，一下子揽在怀里，像揽着一件稀罕的宝贝。外婆不再言语，神色轻松下来，屋里的气氛也立时缓和了大半。还没到开灯的时候，就着屋里稀疏的光线，外公精瘦的身体开始围着那些植物转，不差一会儿，腾挪移转间，那些植物已鲜鲜亮亮成为盘中餐端上了桌。

灶里才烧着火，饭还在锅里熬煮着，我们已齐齐举了箸，立于灶边开始享用那些芳香的称作折耳根的吃食。其实它们也是可以放进锅子里和粥一起煮烹的，那是另一种无法拒绝的异香，软的轻的香，那种轻软的香，经过火的锻造，可以深潜进米粒里，把那些愉悦的体验锁进你的味蕾。但外公似乎更偏爱这种简易的吃法。那些植物在他嘴里，发出清脆悦耳的声音，他快乐地看着我，快乐地咀嚼，我看见他的脸庞随着嘴角翕动，在黑暗中发出好看的光来。隔着一尺的距离，我总歪着头去琢磨，他的嘴里是否包含着另一种隐秘，他的心里，是否正高悬着一盏生辉的灯。

这样好的时光似乎永远不会流走，那些通体盈香的植物似乎永远如旗帜屹立一方，等待着我们去发现它们，带回它们。可夏天来的时候，我们得了健忘症似的，把它们统统赶出了记忆。我们去寻蝉在林间蜕下的衣服，它们张牙舞爪，悬挂在柑橘树发亮的叶片间，却一捏就碎，虚弱得让人唏嘘，甚至心疼。积存多了，它们可以和大人们满山寻找割取的那些刺鼻的过路禾一样，送到镇上的药店，换回几元红的紫的钞票。但更让我痴迷的还是夏季的野果，它们潜藏在土里，或隐迹在无人能见的树丛里，总能带给发现它们的少年无以替代的欢乐和满足。

有一年夏季刚刚来的时候，隔壁的三舅舅要去当兵了。消息像长了脚在村里传开了，新发的军服他已当着满院子的人试过几回了，还是有人来看。这个时候，我都一次不漏地挤在人群的外围，远远望去，三舅舅就像一株被包裹严实的通体嫩绿的植物。我和小伙伴们把羡慕实际地转化了热情，每天围着他转，似乎他身上总有一处长得与我们不一样。有一天傍晚，我在回家的路上遇上他，天快黑了他却迎着我，着急忙慌地向着山上赶。正在纳闷，他突然叫住了我，说跟我走，我给你说个秘密。他神秘的样子，就像八爪鱼，一下就抓住了我。我什么也没问，转身跟上了他。往山上爬，直到过了几个坡，来到一丛树木跟前，他才停下，说，喏，就在这儿。我看了一下，没什么啊，就几棵树啊！只不过这儿面东，阳光从早照到黑，树木自然更为浓密。他叫我仔细看，我塌下腰，眼前黑了一下，再看，昏黄的光线中，我看到一棵挑满小黄果实的树！那些小果子，小指头大小，但色彩金黄，密密麻麻，驮满小小的枝干，让人惊讶。

就是那天，三舅舅把那棵树颇有些郑重地托付给我，说那是他的树，他发现的，从前几年开始，他每年夏天都要来采摘果实，有的说叫"牛奶奶"，他嘴角笑了一下，说他也说不准是否叫这个。他伸手摘了一个，让我尝。酸中回出一缕缕淡淡的甜，算不上美味。但我记住了那种口舌生津的滋味，时间一长，那棵树竟让我牵挂起来，就好比，有一个风餐露宿的朋友，在离我不远的地方，却进不得我家的门。放学我总是绕着路，走到它跟前看一看，才放心回家。那些酸甜的果子，我再没吃它。但我又不愿拿出来让人分享。我一天天眼睁睁看着它熟透，悬挂，风干，或跌落，成为鸟兽的腹中餐。

村庄夏天的野食五彩纷呈，野桃、野梨子、刺泡等，它们无一例外成了缀满我童年记忆的珠子。还有一种无法避开的野食，就是野地瓜。它们并不隐藏自己的身份，大摇大摆爬在房前屋后的地上、坡上。扒开它们葳蕤的藤，零星的红、边角的红就在它们的根部若隐若现，呼之欲出，这个时候，顺着那些藤，捏起一撮，轻轻发力，奇迹就发生了——那些绯红的、剔透的灯笼一下子就冒了出来，圆滚滚地排列在那些细瘦而强劲的藤蔓上。熟透了的野地瓜皮薄，裹着一层稀薄的酒香，沿着它们的蒂慢慢将其皮撕开，里面的粉嫩果肉便可入口了。

那些蝉声盛满燥热空气的夏日午后，我常常穿越刚刚醒来的梦境，穿越无人的村庄，独自顶着白花花的太阳，去坡上寻找这些点在泥土里的灯笼，我不知道我是迷恋它们的味道，还是拒绝不了它们冲出泥土，在我眼前炫然点亮那一刹那所带来的惊喜。我相信世代长在村庄的物件身体里都持有它独自的密码，就像那种通体盈香的植物，就像那棵名字不太确定、挂满野果被人相互托付的树，以及那种能在地下悄悄孕育红色火焰的藤，它们留给我的除了色香味，还有那些与它们缠绕在一起的故事和亲人。那些故事我愿用一生慢慢去讲，而那些亲人，有的已然化成土，化成芳香的植物，化成会发光的、高悬过我头顶的灯笼，他们照亮过我的脸庞，却永远地离开了我，离开了那个我们一起生活过的村庄。

# 花开的声音

　　书桌最下层的抽屉里安静地躺着一把口琴，它浑身浅绿，虽然中师时从上铺摔下来，缺了一只角，却精巧别致，惹人喜爱。每每凝视着它，我都仿佛看到一双写满纯真的眸子，她忽闪忽闪，时时告诫我，俯下身子，用真诚和包容，去倾听属于这世间的美好……

　　这是我分配到镇中学第一年的一个周末，住于我隔壁的同事讲给我的故事。其实不是故事。在那个学生宿舍改成的家里，他望着房檐下散漫纷飞的细雨，告诉我所有一切都是他的真实经历，他调到我们学校后，还常常回想那段在另一个乡镇工作的日子，虽然那儿比现在更偏远，更落后，但奇怪的是，每每回溯，他总是不自觉地陷于一种异样的安宁之中。以下便是他对我的讲述。

　　我是以一首清新的口琴曲开始我在小镇的第一堂课的，三年级的孩子显然被语文实习老师这别开生面的亮相吸引住了，整堂课他们都兴趣盎然，纪律出奇地好。下课时我却忘了带走那把口琴，再回来时发现口琴已杳无踪影。

我大声问是谁拿走了口琴？教室里顿时炸开了锅，乱哄哄一片。突然坐在第二排的一男孩站起来，直直地用手指着坐在他前排的红衣女孩，嚷嚷道："今天春儿值日，刚才大家都出去玩了，只有春儿在擦黑板！"

那是个有着乌亮大眼睛的女孩，我以为她会立即跳起来气愤地大声辩解！然而，在一片哄笑和议论声中，春儿涨红着脸，嗫嚅着，没有说出一句话。

我有些生气，因为与此同时，从我站的角度，透过春儿破旧课桌的裂缝，我看到了我不愿相信的事实：我那把缺角的浅绿口琴，果然静悄悄地躺在她课桌的抽屉里！

"搜！老师搜吧！"不知谁叫了一声，其他孩子也跟着起哄，甚至有个男孩竟自告奋勇地站起来，要替我去完成这件他们眼中"充满挑战"的任务！然而，我的脚步没能挪动半步，我看见春儿犹如一只待宰的羔羊，眼里闪动着莹莹泪光，无助地埋下了头。

"她还是个孩子！"这个念头犹如当头棒喝，突然闪过我脑际，我瞬间意识到作为一名教师，我的莽撞与失职，情急之中，我厉声制止了要替我去搜的男孩，并突然猛拍脑门，如梦初醒般说："哦，刚才放办公室了！唉！这记性！对不起，错怪同学们了！"孩子们有些意外，最意外的应该是春儿，我看到她如释重负般抬起了头。

"老师，错了该罚！明天老师再为我们吹支曲子吧！"有个女孩调皮而大胆地提议，响应她的是一片欢呼和热烈的掌声。我点头应允的同时，意味深长地说："瞧，知错就改的老师还是大家的好老师噢！"

那最后一句话更多的是说给春儿听的，我相信她会在放学后拿着那把口琴敲开我寝室的门，我也愿意给她一次解释和改错的机会。然而，半小时后我彻底失望了，我看见春儿几乎是踩着放学铃声，蹦蹦跳跳着离开了学校。

为了第二天的口琴曲，那天傍晚我只身一人，在小镇昏黄的光线中穿街走巷，寻找卖口琴的商店，华灯初上时，终于找到了一家文具店，然而打量一遍货架，听到老板的回答后，我再次失望了。

不料，转身欲离开时，老板叫住了我，变戏法似的拿出一件东西，口琴！口琴，不就是我那把缺角的口琴吗？"口琴倒有一把，不过缺一只角，刚才女儿放学拿着它，跟我换走了我货架上最后一把口琴，说是明天要给老师送去，让老师用新口琴吹出更好听的声音！喏！这把她换回来的破旧口琴，送你吧！"我一怔，接过口琴，心情顿时豁然开朗起来！春儿那张涨得通红的脸浮现在我眼前，我仿佛看到了她小心翼翼把口琴放进课桌抽屉的志忑，怀揣口琴一蹦一跳离开学校的小激动，我甚至听到了她扑通扑通的心跳！

我快步离开了文具店，秋风乍起，浑身却被久违的温暖拥抱着。我暗暗庆幸，自己没有惊扰到只属于春儿的，那个美好又纯真的童年小小心愿！或许我要做的，只是配合春儿，保持沉默。

　　那夜，我睡得特别香，甜甜的梦里，我微笑着走上讲台，轻轻捧起讲台上那把崭新的口琴，清新悠扬的琴声里，我听到一个女孩在轻声地笑，干净而美好，仿若花开的声音……

# 我的北湖

来吧，我在城市的会客厅——一个叫北湖的地方等你。

这是前些时日，我对一名远在湖北从未谋面的文友发出的邀请。北湖与湖北，将其称谓的二字位序稍加对换挪移，便完美地成为彼此，我发出那个邀请时，尚未意识到这一点。当时我那位文友打算不远千里，自驾游阆中。古城阆中那一城的瓦，不止一次，以墨黑的意境，展翅滑翔进他的梦。计划了很久，这一次终于箭在弦上。

朋友若是来了，在这一方坦坦荡荡、清清亮亮的湖泊之畔，我想讲一讲自己，以及我与这个湖的缘分和故事。最初，我离湖很远，远到我并不明白她与卧身我们村东那方水塘究竟有何相似或出入。1986年盛夏的一个午后，我的父母从南充城回来，在外婆家并不宽敞的堂屋中央，把有关北湖的第一抹记忆带给了我。我后来才知道，去南充城是由于母亲脖子上突然长出一个乡镇无法医治的瘤。在等待安排手术的那天上午，我的父亲突发奇想，带着母亲去游了医专附近的北湖公园。不仅观了湖，登了湖心岛，过了好几座桥，还让母亲坐了公园里蜿蜒蛇行的小火车。那天，父亲的讲述带着某种劫后余生的喜悦，六岁的弟弟偎在他身旁，仰头看着术后还很虚弱的母亲，满脸天真地奔溢着红通通的羡慕。

多年后，我已初为人父，也是一次家庭聚会，我再次向父亲求证了那件事。他很高兴我还记在心上，借着酒意，又细枝末节地还原了当时的情景。说当时他本已和母亲准备返回，看着母亲留恋的眼神，他一咬牙，买了那个小火车的票。究竟多少钱，他已记不清，但于当时拮据的家，那票绝对是昂贵的。母亲也许也预感到了什么，那天她并没有反对，平静地接受了父亲的安排，抬腿坐了上去。待火车轻启，隆隆驶远，在湖畔游走、回旋，她才下意识扭转头，去寻找站于一旁的父亲。

父亲讲完后，轻轻一声叹息。我明白那一声叹息的重量。那一年，他比现在的我还小近十岁，三十五岁的父亲，一个上有老下有小的男人，前途迷茫，妻子生死未卜，站在命运的交汇点，赤手空拳的他能做什么呢？当时，他所能想到的，他所能给予妻子的最好的东西，也许仅有这一汪美不胜收的湖了。

那一汪湖，跟随父亲的讲述，从此就像一帧清丽的剪影，一直洇染在我记忆的底色上。我一次次通过臆想，去勾勒、描绘、丰满她的形神。第一次见她，是升入初中的第二学期。我的视力急剧下降，父亲带我来南充配眼镜。本来预计的行程是配好后，去逛神往已久的北湖公园，可不知怎么地，一路耽搁颠簸，到南充城时已近中午。我跟在父亲身后，匆匆而行，忽而到了一院墙高筑的地方，父亲用手朝近前一指说，到了，这就是北湖。

我正欲抬腿往大门跨，父亲说还得买票呢，忽然他抬腕看了看表，面露难色，说时间不早了，就在这外面瞧瞧吧。于是，在无法言表的遗憾中，我抬起模糊的眼睛，朝里左右张望了一番，有三五人影持着什么在晃动徜徉，亭台楼阁若隐若现，再远，葱茏葳蕤的树木阻断了我的视线，我几乎没能觅到湖的半点影踪。再次相见，是 1997 年了，我实习的单位居于南充市委大院一隅，而市委大院正对着北湖公园。每天与它劈面相逢，我却突然生出一种类似于敬畏的情绪，感觉此一方湖更像我心中一个圣地，或一个深沉的情结，于我，是不能轻易走近和触碰的。我每每流连于她身边，透过院墙镶嵌的镂空，去观望里面的景致，听取里面的人声和余音不绝的歌吹，但真正买票步入公园，已是翻年的孟春了。

我清楚地记得，那天雨丝霏霏，北湖以她独有的温润、瑰丽、朦胧，接纳了我沉甸甸的脚步。彼时，我已接到通知，十日内去乡下某中学报到。我只知道，从此我将与这座朝夕相对的城池一别两宽，去往乡下开启我的职业生涯。那时，我并不知道，十年后我会通过公考重返这座城；我也不知道，未来人生的某个五年，我会每天穿过这座有湖、有岛、有桥，早已破墙透绿的城市公园，安然地抵达我办公的所在。

一百个人眼里，有一百个北湖，抑或更多——秀美的，妩媚的，炽热的，清淡的，欢愉的，忧伤的……那天，离愁别绪雾霭流岚一般，裹挟着我的脚步，北湖于我，更像故人，更像护佑着我的一位仁厚长者。我的心声不用表，她全了然于胸。我静静地穿过如织的人声，穿过树木枝丫，穿过汉白玉回廊，穿过那些早已生根在湖中的亭台楼阁和鸟语花香，循着某种声音的指引，最后，站到了多年前父亲讲述里小火车驶过的地方。

隔着岁月的长河，我的目光遥远而结实地接上了当年父亲的目光。有一种力量，承续着无垠的温暖，在我心底悄然落地、生长。站在那里，还是那个湖畔，小火车已隆隆驶进过去的画面，但我耳畔隐约有歌声，在轻轻吟，在缓缓唱。

# 鸭子上架记

　　酝酿过很久，然而每次跟儿子提起，他小脑瓜都摇得跟拨浪鼓似的，这事就只好暂时作罢。我在一家文化单位上班，近段时间负责艺术考级的一些基础辅助工作，妻子没事来帮忙，每每见到那些比儿子年龄小的孩子填在表格里那些高不可攀的段位，比如钢琴八级、声乐九级，她就大受刺激，深感咱家孩子输在了起跑线上。

　　为让儿子也受艺术熏陶，喜欢上琴棋书画，妻开始迂回包抄。比如带儿子去看画展，陪儿子去听音乐会，或早晚在家放点钢琴曲、萨克斯，书房再裱上两幅字画，大有让艺术住我家的架势。然过了好一段时间，儿子依然如顽石般无动于衷，仍然放学就到院里疯，滑板滑得照样溜，搞得妻无计可施，只好偃旗息鼓，鸣金收兵。

　　最初我不太赞同妻的做法，我认为这都是她的功利思想作崇，硬生生把成人世界的虚荣和竞争伪装成关于爱的华丽外衣，简单粗暴地给不同的孩子穿。每一个孩子都应该像风一样，自由、个性而快乐地成长。然一次婚宴与一钢琴家朋友同桌，再聊起我的看法，朋友竟当头棒喝般指出我的不是：哪一个小朋友愿意丢下游戏机，愿意拘囿一室，乖乖坐下来，背那些无趣的谱子苦练指法呢？大多艺术家都是在父母强迫下开始学的，学着学着就一发不可收了呢！话毕，朋友伯乐相马般上下打量一番儿子，掐算了下儿子手指小臂长度比例，让儿子跟着打了两个节奏，继而露出惋惜的神情："瞧瞧，这孩子，这个范儿，要是早两年学钢琴，现都登台表演到处参赛了噢！"

奇怪，我顿时热血沸腾起来！回家百度，学习钢琴果然好处多多，其中一条最为打动我：有助于培养孩子健全的人格，构建其强大的内心世界！对啊！咱不奢望他成名成家，只为给他筑造一个美好的精神世界。有如此堂而皇之的理由，我开始说服自己，逐渐站到了妻的一边。

当晚我和妻便轮番上阵，晓之以理，动之以情。儿子见一向跟他同一阵营的老爸都"叛变"了，知道大势已去，不得不"举手投降"同意去学琴。周末带儿子去上启蒙课，他一直闷闷不乐，一改往日顽皮的样子。妻有些担心，把老师悄悄拉到一旁耳语："老师，要是我儿真不是这块料，学不会或半途而废咋办？"老师语气一下严厉起来，提高嗓门正色道："这个可不能由着他惯着他！在我这儿，鸭子也是能赶上架的！"

心情忽然沉重起来！儿子不就是老师口中的"鸭子"吗？不禁回头，那只站在钢琴旁可怜的"小鸭"正怯怯地求助一般望着我，眼神里写满委屈和不安！不忍多看！我心一狠，拉着妻逃也似的离开了琴房。

在等儿子下课的那一个小时，我和妻很少说话，时间变得漫长起来。昨晚我们还在眉飞色舞地合计给儿子买什么价位的琴，担心每周学一次是否太少，妻甚至憧憬着儿子将来也成为郎朗、李云迪一样才华横溢的钢琴家，成为舞台中央最闪亮的明星！然而现在这些仿佛一下子都烟消云散了，儿子的眼神深深刺痛了我，揪紧了我的心！我想问妻：如果儿子钢琴过了十级，却丢失了快乐，没有了童真，不再是我们那个可爱的儿子了，是她要的结果吗？

从琴房出来时，儿子的步履很慢，小脑瓜耷拉着。我走到他面前，蹲下身来，爱怜地拉起他的小手，模仿着《喜羊羊与灰太狼》中村长的腔调："小朋友，你现在最大的愿望是不是成为像哈利·波特一样的魔法师，魔杖一挥，让全世界的钢琴全消失光光，咱就不用去学琴了？"儿子愣了一下，天真地点点头。我接着说："那咱就不去学了，那些钢琴也不用消失光光，留给那些像你喜欢滑板和溜冰鞋一样喜欢钢琴的小朋友吧！"

"耶！"儿子做着胜利的手势一蹦老高，灿烂的笑在他小脸上荡漾开来。那一刻，快乐重新回流到儿子身上！那一刻，妻的眼眶湿润了，她跑向我们的脚步风一样轻快。

# 灶台之上

因为修水库，故乡的老屋要拆了，刚接到村上通知，母亲便让我陪她回去一趟。三个小时的车程，中午时分，我们站在了大山深处的老屋前。

老屋是典型的川北民居，一间堂屋，两边分别附着一间灶屋和一间栖屋。堂屋是待人接客时吃饭用的，那个穷困的年代派上用场的时候不多；栖屋是劳作一天的父母和娃儿们挤在一起歇脚睡觉的所在；而灶屋，应该算是母亲寄托情感最多的地方。在这里，母亲用柴米油盐，用土灶铁锅，用爱，一丝不苟地把艰难的日子一点点熬煮出幸福的味道。踱进灶屋，母亲看看这儿，摸摸那儿，有些落寞，有些伤感，最后她默默地、定定地坐在了灶门前，望着这方破旧的灶台，出了神。

这方灶台是在我七八岁时打下的，那年夏天，下了一场多年未遇的暴雨，山洪从灶屋沿渠中涌进灶屋，灶基经水浸泡，石块和泥巴松动、脱落，本就摇摇欲坠的土灶像个行将就木的垂垂老者，轰然倒塌了，父亲跑到邻村请来匠人，选定位置，舀水和泥开始打新灶。

母亲第二天起了个大早，她搬来梯子，把悬系在房梁上的那袋花生取下来，装进了背篼。那袋花生本是留着过年吃的，现在不得不拿到街上卖了准备匠人的工钱。我眼巴巴地看着，忍着没有吱声，年龄尚小的弟弟拽着母亲的背篼死活不放，大声啼哭着不让卖花生！母亲把弟弟牢牢拽着背篼的手使劲掰开，用围裙草草擦去弟弟横流的涕泪，再一把抱到我怀里，在弟弟号得更凄厉的哭声中，母亲眼里闪动着莹莹泪光，转身急急地离开了。没有了好吃的花生，新灶却两三天就立起来了。母亲抚摸着开阔明净的灶台面，笑了。

那时穿得单薄，冬天一起风总是浑身瑟瑟发抖，手没有一年不生冻疮的，而此时烧得正旺的灶门前无疑就成了最好的去处。我和弟弟总爱跑过去，挤在犹如避风港般的灶门前，依偎在烧火的母亲身旁，轮番把手伸到灶门里，直到把生着冻疮的小手烤得热乎发痒起来。母亲有节律地拉动风箱，嘴里总有讲不完的神奇的故事。我们总是静静地听她讲，很少插嘴，仿佛一说话，故事里的那些美好就会惊跑。这份难得的温暖与安宁，悄悄绘入脑海，成了我童年记忆中最温暖的底色。

稍大一点，父母起早贪黑有时顾不上做饭，我就自告奋勇承担起了这件看似苦累的差事。那年月的冬天，父亲总会用斧头把从山上捡拾收集的大柴劈开，砍劈成长短不一的细条状，齐齐地码在屋檐下。遇上我煮饭，我总是拾上几段大柴，学着母亲的样子，小心翼翼地用柔软的柴火引燃，再辅以有节律的风箱拉动，不一会儿大柴便熊熊燃烧，经久不息。这个时候，我便满心欢喜地拿出事先准备好的书，迫不及待地在双膝上摊开，就着红红的火光，嗅着淡雅的书香，静静地坐在灶门前，沉浸在文字搭建的精彩世界里。土灶前，我享受着这难得的惬意时光。

后来我去了十里之外的镇上念书，寄宿在学校，只有周末回家。每每回来，母亲总是灶前灶后奔忙着，"挖空心思"要从简单的食材中张罗出"大餐"，让她心爱的儿子打顿"牙祭"——清稀饭中掺一捧会粘牙的糯米，爆炒的青菜中放上些许存放得发黄的腊肉丁，用桐叶包着在灶膛里烧好滑嫩爽口的野蘑菇，饭里埋根金灿灿的玉米棒，抑或放上几根淡甜的脚板苕，折几段翠绿的四季豆……清灰的土灶、极平常的晚饭，因为母亲的精心搭配侍弄，竟一下子色香味俱全起来！常常是饭还未熟透，我和弟便盛出一小碗，倚着灶台，狼吞虎咽起来，见我们的馋样，母亲总一边笑着嗔怪，却一边给我们搬凳子，让我们坐下来慢慢吃，别噎着。

长大后，我在城里安了家，老家回得少了。爷爷奶奶走后，在我的软磨硬缠下，母亲终于同意过来和我们一起住。老屋从此上了锁，那方土灶自然就闲置不用了。只是每每快过年时，母亲总要挑个日子回去，到老屋打扫打扫灰尘，到灶门前坐坐，母亲说，这样做，心里才踏实，仿佛一家人谁也没有离开。灶台之上，还萦绕着一家人的欢笑，还沸腾着一家人热气腾腾的饭！

良久，母亲缓缓从灶台边站起身，叹息着！声音虽然很轻，我却听得真切，心仿佛被刺了一下！我不敢注视母亲的眼睛，不敢看她眼里盛着的孤独。是啊！这么多年了，母亲当年的满头青丝已化为苍苍白发，母亲一次次孤零零地回来，我们都在哪儿，我们有多少时候坐下来，陪她好好聊过一次天，倾听她的心思？正如这间没有了欢声笑语的老屋，这方没有了温度的老旧灶台，寂寞地守着那些曾经的热闹和艰辛，不言不语。我含着泪，埋头拨通了远在贵阳务工的弟弟的电话，电话通了，我摁了免提，让弟弟声音大些，好让耳背的母亲听得清楚。

在老灶台旁，母亲拿着电话，告诉弟弟我们老屋就要拆了，你还想得起常和你哥房前屋后地捉迷藏吗，你还记得那年你从灶孔里掏红苕烫着了手吗，还记得那个炖得半熟就拿出来在灶头上切给你们吃的猪肚吗……说着说着，母亲不由自主激动起来，她的手渐渐有些微微颤抖，眼眶泛红，声音开始哽咽。我知道，这一刻，那些曾让母亲为难却幸福的岁月悄悄回来了，轻轻推开了她记忆的闸门，她的眼前历历闪现着曾经的过往，辛酸和苦难纷纷滤去，定格在她眼前的定然是一幅温暖又温馨的画面：灶膛里柴火熊熊燃烧着、锅子里粥饭热烈沸腾着，我和弟弟还是扯着她的围裙、嘻嘻哈哈围着灶台馋嘴的调皮孩子，她自己还是那个风华正茂的妇人，她正点亮一盏灯，煮着一锅芳香，等待晚归的父亲……

离开村子的时候，母亲特意带我去拜访了住在河对面的老村长，再三拜托，拆房的时候，记得给我们留一样老屋的物件，就灶台板吧，帮我们移到水库淹不到的地方。

# 门外的祖先

## 1

酣睡的耳，劈面相逢的这个清晨，以及随着奔跑的脚步，被我一一抛在身后的柴垛、炊烟、牛羊，统统是被唢呐声唤醒的。

嘹亮的唢呐，激越的唢呐，咯咯笑的唢呐，声声吼的唢呐，遽然响起，奔涌连绵。像无数明晃晃的刀子，带着风的气势，割开浓雾锁闭的村庄。沿着唢呐响彻的方向，浩荡的送亲队伍，蜿蜒连绵而来。

像一株不会言说的植物，这个清晨，祖母被完整地遗忘在世界的另一头。从她卧着的西厢房跑过时，我没像往常那样，侧耳倾听里面的动静。我的双手木桨般，在由远及近的声线里，撩拨起风的气势。远远地，我看见高胖的母亲站在迎亲的队伍前列，张开双手，像捧着一个不断膨胀的隐形巨婴。我跑到她身边时，她并没看我，她把脖子往更前面抻起来，像极了某种长颈的动物。

婚礼的高潮，我刚改口唤之为小婶的女人，彼时化作一簇行走的火焰——红的衣服，红的酒窝，红的笑靥。她擎着酒杯，由小叔牵引着，从一张桌子流淌到另一张桌子，从一张桌子燃烧到下一张桌子。所过之处，便烧起一阵笑声、欢呼和掌声。我们都眼巴巴等着，巴望小婶说点什么，或做点什么。但我们全都落了空。她只是一味地笑，勾着头笑，抿着嘴笑，红彤彤地笑。

祖父那天喝高了，中午，晚上，来者不拒，一杯一杯。最后，脸红脖子粗地歪倒在那株亭亭如盖的香樟树下。

那当儿，我正被人群裹挟着，拔腿朝着灯火通明的新房迈着急乱的步伐。巨大的嘈杂完全吞噬了祖父倒地的声音，抑或，压根儿他就没有发出一丁点响动。从我所处的方位看过去，他像一张人形的剪纸，迎着光影，翻转，腾挪，最后，轻飘飘地淹没在香樟树下那块堆积的浓荫里。没有挣扎，他就那么匍匐着，紧贴着大地，仿佛在虔诚地谛听来自地心的某种神秘的音律。跑动的队伍出现了一丝不安的骚动，好像还有谁发出了半声卡在喉咙关口的惊呼，但奇怪的是，没人停下脚步，新房那边忽高忽低的嬉笑，浪潮一般涌过来，催逼着他们。他们的脚像踩在鼓面上，急迫而动听地应和着那一波接一波的笑闹。不知为何，我心里忽然涌起一股莫名的情绪，它鬼使神差地，拽着我，脱离跑动的队伍，向祖父折回身去。

那是我仅有的一次见到的醉得失态的祖父。

此时，他婴孩般蜷曲起身子，嘴里啜啜有声，像在呢喃，又像在梦呓，与夜空中一个假想的人，拉着磕磕绊绊的家常。我低下身，伸手从他后背穿过去，只轻轻一拨，他的上半身竟然一下弹了起来。一回头，见是他的大孙子，他张嘴笑了，一束光扫过来，让他的笑陡然带上了某种金属的质地。祖父并没有马上起来。他依然赖在地上，忽然一把拉住我的手，觍着脸，几乎是乞求我的语气了，要我坐在他身旁。现在想来，那时祖父终于拼尽全力立了新房，给顽劣的小儿子娶上了媳妇，虽然把这个家快掏空了的祖母，仍无半点起色，但以小叔的婚事为界，春芽破土，一切仿佛都在朝着光明的方向抵靠。那当儿，对于终于可以停下来，顶着满天星辉，喘息一回的祖父，定是多么需要一个和他徐徐打开话匣子的听众。哪怕这个听众是少不更事的孙辈，哪怕这个孙辈患有轻度口吃，且八棍子打不出一个屁来。那晚，祖父呼着浊重的酒气，喋喋不休了些什么，叨咕了哪些过往的人事，我全无印象了。

但可以确定，那些念叨与苦难或人生路上的泥潭、沟壑无关，至少是相去甚远。我清晰地记得，随着祖父的言说，他双眼星星一般亮起来，而随着他脸上星星的闪烁，香樟树下堆叠起来的浓荫，祖母躺着的那间厢房，以及整个院子、屋檐和顶着黑夜的瓦片，次第亮堂起来。

## 2

然而，那片亮堂，也许仅是记忆的偏差。

膝盖上那道至今清晰可辨的疤，铁证如山地提醒我，那晚，离开祖父后，横亘在我与新房之间的，是一片几近凝固的暗黑。如此，那根突然飞身过来的锄把，才有一丝可乘之机。

但那晚我确切做了个梦。

橙红的日头高悬，祖母却顶着一个遮雨的巨型斗笠，打着呵欠，拴着围裙，在院坝里，做了好大一桌饭菜。尔后，她进进出出，一趟趟高声大嗓，挨个唤家里的人起床吃饭。最后，她把那个巨型斗笠从头上取下来，面具一般挡在她脸前，唤起了我。我的乳名在她嘴里长长地拖着，像一根湿漉漉的绳索。可我明明立在她身边。她一边叫一边缓步走出院门，我在后面大声应着，想追上她，她却越走越远，连同那顶斗笠，隐没在雾中。我一急，醒了，祖母唤我那个尾音还贴着我的耳朵，在软糯地上扬。我几乎是兔子一般蹿去了西厢房。橘黄的灯亮着，祖父刚刚给祖母擦洗完身子，端着盆，匆匆往外走。

我一只脚在里，一只在外，把那个梦咽了回去。

那个梦成了我的秘密，很长一段时间，我都早早钻进被窝，希望一觉醒来，祖母便走到我门外，唤响我的乳名。但让我难过的是，小婶嫁过来没几月，祖母就真的成为一株植物，种到了土里。然而，家里并没有弥散起多少悲伤，大人似乎都集体松了一口气，他们轻松地说着其他的事，眼睛追着小婶吹气球般一天天涨大的肚子，脸上泛起层层油光。

尚未数九，源儿便心急火燎地在院东头的新房呱呱坠地了。不知为何，这一年，祖父吸上了烟斗，并开始种植烟叶草，把月亮湾那块阳光最充沛的土地，给了这种毛茸茸、能生出缕缕烟火的粗陋植物。

那些成熟后深金色烟叶子，被他打成捆，拿到集上换成钱。余下的残片次叶，日复一日，马不停蹄地进了他嘴里叼着的烟斗。在明灭的光火中，祖父或坐或蹲，眯缝着眼，一任那些青色的烟，在他鼻孔里自由出入，在他嘴角、腮边顽皮地逗留嬉戏。我曾偷偷观察过，那一刻，祖父仿佛活在属于他一个人的世间，眼前的人和事，一概与他无关。

只有一个例外——源儿来了。

牙牙学语的源儿，哇哇大哭的源儿，跌跌撞撞的源儿。祖父像梦醒了似的，一下弹起来，扔掉烟斗，一把将源儿搂过来。如若小家伙依然在哭、在闹，他便突然矮下身子，把自己变成一张弓，让源儿顺着弓爬上他的肩，骑着，哭声、闹声便戛然而止。如此，屡试不爽。那时，源儿牙牙学语，在他肩上奶声奶气地一声声叫着爷爷，咫尺之遥，他一声声爽朗地应着，在院坝里，绕着四季常青的香樟，用身体画出一个又一个圆。

嫉妒也许就是这时在我母亲体内开始疯长的。她总翘起嘴角在父亲面前念叨祖父的不公，给小叔立了新房，让他大儿子一辈子蹲老屋。她恶狠狠地告诉我，同样是孙子，你们就像田里的稗子，他源儿却金贵得要命，名字都是花了大价钱买的。这是母亲的原话。据母亲说，那年祖父提着刚收的二十斤花生，走了十里地，亲自去央求赵子河那个独眼算命先生，挑了这个"源"字。"源"，是否取其"源源不断、左右逢源"之意，我无从得知，但沿着祖父对着源儿那一声声热切的叫喊，我似乎能隐约触摸到一丝祖父的心灵轨迹。然而，上天似乎并不打算让祖父好过。在源儿六岁那年，小叔去给楠木院子德生家打家具那个起风的下午，在一缕无影无形的电光中，一米八的小叔，墙一般轰然倒下，就再也没起来。

月光寒凉，银子般倾泻下来，在我们脚下的院坝里散碎了一地。

我呆立在人影后面，感觉那一刻不大真实，放电影一般。中午还在我家生龙活虎吃了两大碗的小叔，怎么会一闭眼，抛下一切，悄无声息去了另一个世界？月光之下，红着眼、孤立于人群之外的祖父，突然就老了。

那晚，我是被一阵老鼠噬物的声音挠醒的。摇曳的灯影里，站在木梯顶端的母亲显得滑稽而高大，她高举着手，正在把早上卸下来准备中秋做糍粑的酒米，重新悬上房梁。父亲在闷头翻箱倒柜，母亲问，他爷呢？

"还在院门外！"父亲拿着个条状物迈出屋，母亲关了门，跟在后面。伴着他们一前一后的脚步，隐约有哭声传来，苍老暗哑，又像混沌的河流，时断时续。祖父喝醉了酒带着金属质地的那个笑在我眼前晃动起来，我想走到院门外看看他，但我浑身无力，又侧耳听了一会儿，很快便睡着了。

像平铺直叙的句式，小叔上山的路删繁就简，直抵他人生的最后归宿。祖父一个劲地抽烟斗，把自己装进那团化不开的雾气里。我是奉父亲的命，去叫小婶过来吃饭的。推开紧闭的门，我睁大眼睛，努力适应昏暗的光线，一步步挪向枯坐于蚊帐里的小婶时，耳边却清晰地响起一阵唢呐声，嘹亮、聒噪，我知道那是我的幻觉，但我的心还是抑制不住一阵狂跳！怯怯地叫了一声小婶后，我便飞也似的逃了。我真担心她一抬头，咧开嘴，红彤彤地朝我笑，就像当年她大婚一样。

修谱一事，被祖父提出来，是小叔上山第二晚。

祖父已连续两日滴水未进，任谁也说不动。最后一个出面的是父亲。作为祖父的长子，我的父亲送走了最后一批亲朋，拖着疲惫与悲伤，把一钵汤食毕恭毕敬端于祖父床前。祖父头也不抬地挥挥手，像驱赶一群嗡嗡作响的苍蝇。父亲不走，固执地立着。不知过了多久，祖父终于哼一声，睁开眼，瓮声瓮气对他提起了那件事。在我们那个古风渐稀的村庄，修谱已不多见。地位显赫、家业庞大的庄户，拿出资金来做这桩无关生计的面子活路，尚能让人心生艳羡。于我家，修谱就有些华而不实了。为一日三餐奔波的父亲本是一百个不愿意，但祖父语调悲凉，父亲仿佛听出了某种不祥的启示，他不敢争辩，便顺从地嗯了一声。

祖父腰上那个瘤就是这时趁虚而入的，从县医院回来，祖父手里从此多了双拐。他双腿的力气，同那个瘤，一道离开了他的躯体。

就在大家以为祖父忘了修谱一事时，一日披着暮色归家的父亲，被祖父堵在香樟树下，发了一通大火。像头暴怒的狮子，他伸出双拐，对着父亲指指戳戳，勒令父亲放下一切活计，赶紧去请长者和教书先生，张罗礼性，把修谱的仪式早日完成。他的声音带着几分戳破人心的哭腔，大得又几乎形同叫嚣了。他说他的后人一天不认祖归宗、写上家谱，他这把老骨头死了也闭不上眼。这时有人才想起，祖父坐在香樟树下，喝了一下午的闷酒。那当儿，祖父面目绯红，像天边那块晚霞火辣辣烧到了他脸上。他的话有些前言不搭后语，但谁都听得出来，这绝不是他醉后的胡话。

从母亲略带嘲弄的讲述中，我曾一遍遍地想象修谱那场有些过于烦琐的仪式，想象村东头那个拖着病体的长者、被父亲搀着走向祠堂大门时的沉重步伐，想象那袭过于肥大的青色对襟长衫套在源儿身上的怪诞样子，想象在一声声庄严的指令中，源儿惶惶不安地下跪、上香、叩拜、应答。仪式的最后，鞭炮冲天而起，源儿的名字，被村小教书先生那支灵动的狼毫，饱满地安缀在家谱最后一支的末梢。祖父不识字，我不知道那个代表他小孙子名字的横竖撇折，在他眼里究竟算什么。但据说，祖父神谕一般捧着那本修好了的家谱，身体突然活泛起来，就像家谱里新写上去的线条——俯、仰、转、拧，他柔软地变化着姿势，配合着打探的眼睛，把源儿的名字，指认给在场的每一个人看。

## 3

在你祖父的眼里，那是为源儿一个人修的谱。

母亲的牢骚总有些添油加醋，我无法完全理解。我只企盼那个仪式，或是那本称之为家谱的书，能在那间不再簇新的房子之外，给源儿他们娘俩搭起另一个落脚之地。然而，在翻年还覆着春冰的某个黎明，小婶带着源儿，踩着村庄一截薄如蝉翼的梦，悄无声息奔去了县城。丢下母亲一直嫉妒的那间新房，丢下那本装着她们名字的家谱，丢下就着月色将家谱锁进抽屉最高一格的祖父。

祖父颠着身子，推开那扇人去楼空的门时，并没有翻卷起我所料想的疾风骤雨。我只是确凿地听到他从身体最深处倒抽出一口凉气，那口凉气似乎便是他的脊骨，我看见他的皮肉与身子，转瞬就烂泥一般矮缩了下去，他一屁股瘫在那根凉透了的凳子上。父亲紧捏拳头，怒气冲冲说要去追，把源儿要回来时，祖父拦住了他。

那是她身上下来的肉啊！

这几个字，祖父说得很轻，却像耗尽了他浑身的力气。而后，他摆摆手示意大家都散了，便闭嘴再不吐半个字了。此后很长一段时间，母亲话多起来，除了站在村口，和那些长舌的妇人用语言给不告而别的小婶定义和标签。她还祥林嫂般，逮住人便宣讲，祖父对后人的不公。小叔死后，祖父不分天晴下雨，总鸡打鸣一般准时出现在小婶地里这段，被母亲尤其讲得绘声绘色！牢骚到最后，她跟楠木院子的银娘一般，总翘起嘴角，说不就是想把他那门金贵的血脉留住吗？可这天要下雨娘要嫁人，神仙也拦不住啊！

撞见母亲在那儿指桑骂槐，祖父从不搭理。他的话越来越少了。小叔离开的第二个中秋，祖父天不亮，竟然架着双拐从家里消失了。到处找不到人。到第二天晌午，他才一言不发，顶着日头拐进院门。没人知道他去了哪里。后来，有人说看见他缩在镇上某个茶楼的角落喝酒，还有人说在城里某个小区外看见过他，他杵在一栋半新不旧的楼房下面，像一匹失声了的狼。大概又过了几年，经各种渠道，小婶终于重新联系上了，他们早没在城里租房了，举家搬去了贵阳，听说小婶做着小生意，还给源儿在贵阳按揭了一套商品房。

日子流转，后来我们离开了老院子。

父亲修车铺生意越来越好，他在镇上与人合修起了一栋带门面的楼房。有一天逢集，祖父突然架着双拐出现在我们门面外。我记得当时临近中午，室外阳光白亮地勾勒着祖父雕塑一般黑漆漆的身形。母亲不知去了哪儿，我趴在电视机前，看屏幕上一群人追着一颗球跑来跑去，父亲双手沾着机油，也没去洗，就那么垂手立于祖父对面，嗯嗯着，仿佛祖父的造访于他，是梦一场。

我们只记得祖父声音接近颤抖地说源儿和他妈要回来，让我们明天回乡下过中秋。等我们回过神来，祖父已走进人潮，不知所踪。那天饭后父母在厨房大吵了一架，"新房""进门""争气"一类的字眼，不断从他们嘴里蹦出来，我不知大人的世界怎么了。但我还是明白，那天祖父站在门外说话，父亲没邀请他进屋总有哪儿不对劲。这种不对劲一直持续着，一直到 2013 年那栋楼拆除，祖父也没有跨进过那个家门一次。算起来，那次门外的祖父，应该是离那栋楼最近的一次吧！

母亲本身并不乐意见小婶，加上与父亲的争吵，脸黑沉了一下午。但估计是想陪高考落榜的我回去散散心，第二天也跟着我们回去了。那天吃到了久违的农村手工糍粑。父亲和从四面赶回来的三个姑姑分工合作，在院里穿梭忙碌，合力将一道传统吃食，上升到了某种仪式的高度。在这于我有些漫长的劳作中，祖父始终面东而坐，他一次又一次举目朝院门眺望，我原以为他在看那只总爱蜷在香樟树下的狗，后来想起，那只狗早就老死了。那里什么也没有。

那天，我们终究没能等来源儿和他娘。祖父默不作声，嘴里像嚼着铁。蹊跷的是，喝了不少酒、东拉西扯的几个姑父，竟没一个人找身旁的祖父求证那个消息的来源。他们似乎早就料到，那仅是祖父思孙心切一厢情愿的凭空臆想。

时隔多年再见到源儿，是在祖父八十寿辰上。当时祖父正卧病在床，记忆开始时好时坏。源儿坐着摩托冲进院子时，宴席已近尾声。人群一下骚动起来，朝源儿聚拢，又自动给他亮开一条通道。众目睽睽下，源儿有些不自在，他红着脸，探着脚，摸进了祖父暗黑的房间。

爷爷，你好吗？

源儿埋头去寻祖父的眼睛。那当儿，我就站在他左侧藏青色蚊帐低垂的地方。这声问，让我有些恍惚。我真切看到了时光之门被一只巨手隆隆推开——源儿那团稚嫩的身子，安坐于祖父宽厚的肩头。远远望过去，仿佛谁在祖父平淡的光阴里打了一个优美的结。随着祖父身子的微微晃动，那个结在跳跃、动荡，和深情地起伏。

你还好吗？爷爷。问了几次。祖父终于欠起身，往前凑，睁大眼睛努力分辨，试图从记忆的深海中打捞起眼前这个轮廓愈来愈像他小儿子的男人，但他眼里很快便灯灭了般黯淡下去，他败下阵来，把干枯的身子往黑暗里缩了缩，带着几分沮丧、不安和歉意，吞吞吐吐地说，你是谁啊？啊？我认不得你啊……

源儿咧咧嘴，背过身去。

那天，我坐到了源儿身边。一开始，心底翻腾着强烈的愿望，想求证一下祖父出走那年中秋是否在他家楼下张望？还有那年的爽约，究竟问题出在哪儿。可聊着聊着，我们的话题越来越远，那些躲藏在记忆里的光阴，似乎隔着千山万水，越来越模糊不定，不知从何说起。举起最后一杯酒时，我终于悲凉地意识到，多年前祖父那天一次次看向院门的等待，只将封存在我的记忆里，源儿永远不会看到了。

4

祖父头一次去我城里的家，是 2016 年秋天。彼时，我联系了城里一家医院，祖父双眼的白内障手术安排在第二天下午进行。父亲把祖父搀扶出车，站到我们小区宽敞的中庭时，已是华灯初上。路灯把红的黄的光混染在祖父深蓝的衣服上，显得有些滑稽和夸张。站在车旁，我发现祖父空大的裤管在轻微地抖动，不知是冷还是什么。我的房间在六层，没有电梯。正在犹豫，身旁的父亲突然蹲下身，说，上来吧。

祖父竟然没说一个字，他孩子一般探出双手，顺从地趴在了父亲的背上。

我紧紧跟在后面，用嗓子控制着楼梯间的明灭，以确保父亲脚下的光明和顺畅。上到第三楼时，一个忘带钥匙的小姑娘惊奇地看着眼前的一幕，仿佛几个怪物正向她靠近。我对她故作轻松地笑笑。就是这时，我听到了浊重的呼吸——来自祖父。他的身体战栗着，双颊潮红，大张着口，像一条被扔上岸的鱼。

后来某一天，我和父亲聊起房子，聊起家，聊到了祖父。父亲说，你知道吗，你爷爷还欠我一套房呢，一套像你小叔那样的房。母亲当年的牢骚得到了证实，想起小叔那间人去楼空、装着他短暂一生的新房，我突然一阵难过，欲转移话题。父亲吐出一口烟，轻松地笑了，说，要不是那个瘤子，你爷爷，也许就兑现承诺了。鼻子突然酸涩起来，我终于说起了祖父那次像扔上岸的鱼。父亲对我的比喻似乎很满意，他柔和地望向窗外无云的天空，说，你爷爷不是冷，也不是担心从我背上掉下去，他是激动。

父亲告诉我，祖父没有坐过长途，那天他坐在车里翻山越岭，坐了那么久，以为到了贵阳，到了他小孙子源儿的家。

那也是祖父最后一次去我的家。

虽然看不见，但那天他情绪很高昂。他握着我的手，话头一个接一个。讲的都是多年前真正发生了的事。一桩桩，一件件，仿佛祖母上月刚怀上我的父亲，我的小叔扒安邦大爷家的地瓜正被逮着，或者他傍晚才心满意足从集上牵回那头肥头大耳的母牛。母亲借故送水，将我扯了出去，悄悄说：

"你是谁他都不知道，还跟他在那儿一直胡说！"

"那场大雪，他还记得下了几天咧！"我回怼她。


前年冬日，我赴贵阳出差，刚入住，父亲的电话打了过来。他语调平静，像叮嘱我天冷了要添衣一样：

你爷爷好像要走了。

很奇怪，这一刻，我没有悲伤。在异乡这间暖金色房间，我感觉祖父跨越千山万水，此时就和我共处一室，和我相向而立。我的手抖起来，就像多年前小婶大婚那晚，被祖父那一双颤颤巍巍的手捉着，在手机上摩挲、滑动、寻觅，终于，躺在电话簿里很多年、既熟悉又陌生的两个字，像一道灼人的光，闪耀起来。电话响三声就接通了，源儿并没有如传说的那样，生硬地回绝我去他一度对我们保密的家。短暂的沉吟后，他说那晚上见，公司不好请假。那个等待的下午，我开始换衣服，洗脸，走来走去，像一头被困的兽。六点一刻，源儿终于来电说已到宾馆对面的大街，只是堵在了那里。我举着电话，下楼，越过灯火闪烁的车队，开始奔跑，像匹脱缰的野马！

我想马上告诉源儿，这两年，祖父一直把我叫作源儿。我想告诉他，我曾和我母亲一样，嫉妒祖父对他的偏爱。还有，祖父尚能认人时，每次见着我，都会拉着我的手，郑重地向他的长孙嘱托，去源儿家看看，无论怎样，源儿还是这个家的血脉，是这家的人。

六点三十一分，我坐在了源儿坐落在贵阳花果园家里的布艺沙发上。刚接过源儿递过来的水，电话便惊叫起来。是父亲。我慌忙摁掉，踱到窗子边，一条短信跟着浮上屏幕：

爷爷上路了。

源儿家窗外楼下，一个半月形拱门前，霓虹突然闪烁起来，一个戴着圣诞帽的老人，彼时站在台阶下那片橘黄的光火里，笑眯眯地望着我。我恍惚看到那年走出家门消失一天的祖父，由父亲背上楼到我家的祖父，那年立于我们镇上家门外的祖父，喝醉了倒在香樟树浓荫里的祖父……

不知愣了多久，我转身对源儿说出了进门的第一句话——那场大雪，你有印象吗？对于我的问话，源儿并未觉得突兀，仿佛他刚从那场雪里奔跑出来。他搓着冻得通红的手说，那天我耍赖不愿走路，我爸只好把我扛在肩头，爷爷健步如飞走在队伍最前列，带着我们去河对面的柏树林，去看我们这个南方村庄有史以来据说积得最厚的一场雪……

源儿说着，慢慢走近窗边，和我并肩站在了一起。

我们看着那个圣诞帽老人开始躬身往台阶上爬，霓虹离他愈来愈近，可他的身影，却愈来愈模糊。我接过源儿的话，我们都没有带雨具，任凭从天而降的雪花，在我们头上舞蹈、栖息和融化。

圣诞帽老人终于爬上了台阶顶端，源儿突然伸出手，向浴着霓虹光火的老人缓缓挥动起来。一边挥，我听见他一边喃喃着，爷爷不时掉过头，冲我们吼一嗓，让大家快跟上。那天，爷爷的声音年轻又响亮，在漫天白雪中穿梭、飞翔，久久不肯落下……

# 后　记

　　那应该是一个天空悠然飘着彩色云朵的日子。暖风拂面，我心里装着一份无人知晓的隐秘，走在一条人来人往的芳香小径上。那时，尽管我脚步轻盈，我对自己将来的命运却没有一点把握，我也不太确定自己向往的是什么。面对擦肩而来的串串打探的目光，我按捺住脸上的潮红，但我分明感觉我在他们瞳孔里投射成的影像与昨日判若两人。发生这种神奇的事，并非一夜间我脱了胎换了骨，我依然顶着那副无人能识的皮囊。只是我手上，攥着一封工工整整誊写在格子上，有些厚，有些硌人，并非如往昔那般写给亲人或朋友，而是寄往不可知的远方和未来的信。

　　那年我十九岁，你猜到了，那天我模仿高年级一位走路把头埋得很低、其貌不扬，却在我们那个学校大名鼎鼎的师兄的样子，第一次投寄稿件，向校门口那个寂寞的绿色邮筒。那封投稿信从我手里滑落，掉入那个永远张开的空洞的嘴后，开始在我心里无声地歌唱。那时我并不知道我忽然拐进了另一条人生路，更不知道这么多年后，我还在这条路上，踽踽独行，想要邂逅更美丽奇崛的风景。后来，我到一个依山傍水、条件艰苦的乡镇参工，结婚生子，再后来到县城，又到市区，一路辗转，见了很多人，经过了很多事。我知道，我早已不是那个十九岁的少年了。可我总爱做同一个梦，梦里我一次次走回那条芳香小径，在那里徘徊，逗留，不舍离开。梦醒时分，我禁不住一次次驻足，回望，我身上究竟还存留当年那个少年多少影子、多少气息呢？我答不出来，这让人莫名惆怅。

那是在一次家庭聚会上，气氛融洽，觥筹交错，没有一句铺垫，突然有人问我，为什么写作呢？你写那些干什么呢？他是我在习惯里一直尊敬的长辈，他停止咀嚼，疑惑而认真地看着我，一副无法理解的迷茫样子。我突然觉得他很陌生。我脸一下红了，我感觉到了血液在我脸上的迅速堆叠。我一时语塞。我没有想到这个问题的突然到来，更没想到出自他的口。我身旁的另一位长辈举着酒杯打破了这种尴尬，用他似真非真的玩笑话，及时取代了我无法准确说出来的理由。那个问题至今仍然悬浮在我眼前，让人不安。我还是答不上来，但我也开始逼问自己这个问题，并顺着这个问题，重新打量自己，并试图思考，我们写作者究竟应该活成什么样子，才既是适应那些熟悉我们的人，又大致顺应、契合了自己的内心。

当我们开始去敲击键盘，去涂鸦去描述，那些悄然进入我们视野的普通物事，比如一把椅子、一幅窗帘、一件褪色的陈年往事，似乎瞬间携带了广阔而惊人的力量，它们身披光芒，开始心跳，并自行运转起来。让记忆重返，让坚冰消融，让伤痕弥合，让梦境再现，这或许便是文学给予我们的无穷魅力。但更多的时候，我们并不真正明白要抵达何方，或许只为一句话，一个无法释怀的记忆横断面，一个曾提灯照亮过你、陪你走过一段共同人生的人，便开始了自己不厌其烦的讲述。

我出生在川北，自然葆有这片丘陵地上馈赠于我的朴拙与灵敏、狭隘与宽广、快乐以及忧愁，炊烟、草垛、田畴、穿过村庄哗啦啦响的河流，还有很多，比如这个季节开满沟渠的野花，比如掠过树梢的小鸟，比如夏日午后塞满耳蜗的知了，雨天顽强糊在裤腿上的泥巴，在我生命启程的岁月，它们强大地生长进了我的骨骼和肌理。走得愈远，那些带着密码的记忆越强大越鲜活地嚷嚷着来到我跟前。而每一次回来，我都要迫不及待冲出屋，奔进田野，爬上山岗。也许我什么也不做，我只是站在某棵树下，抑或蹲在几株长相平常的植物旁。

而那个时候，你们知道的，一切都回来了！它们层层叠叠，它们鱼贯而入，那些人，那些事，那些情绪，它们用声音、用气味、用形状、用属于这片土地的光和热，不由分说包围了我、淹没了我、抱紧了我。那个时候，我是充盈完整又自然的，我的呼吸无比均匀而自由。那个时候，我承认，我是我，是未经修饰、矫正和锻打、重塑的样子，那是——我的最初。